SILENCIEUSE

MICHÈLE GAZIER

SILENCIEUSE

roman

ÉDITIONS DU SEUIL
25, bd Romain-Rolland, Paris XIVe

ISBN 978-2-02-136112-4

www.seuil.com

Pour Pierre, toujours

Pour Laure et Alicia,
qui sont un peu dans ces pages
et beaucoup dans mon cœur

(…) chacun de nous est prisonnier de son propre solipsisme narratif, chaque famille est prisonnière de son histoire familiale,
chaque communauté est enfermée dans le récit qu'elle se fait d'elle-même,
chaque peuple est la victime des versions personnelles de l'histoire (…).

Salman Rushdie,
Deux ans, huit mois et vingt-huit nuits
(trad. fr. Gérard Meudal), Paris, Actes Sud, 2016

Première partie

1

Il est arrivé au milieu de l'hiver 2000, quelques semaines à peine après la tempête. Les gens du village se souviennent de ces choses-là. De la tempête, qui a déraciné les trois platanes de la place, mais épargné un acacia maigrichon qu'un des maires avait planté dans les années 1980, à la mémoire d'une paysanne retrouvée morte sur le trottoir. Une femme qui avait mérité, disait-on au village, même si plus personne ne se rappelait ses mérites. Et l'acacia avait résisté, juste perdu quelques feuilles.

Ils avaient été nombreux à imaginer ce que l'ancien curé aurait fait de cette résistance végétale, lui qui filait la métaphore comme un bombyx la soie. Et malgré la tempête qui avait tout de même fait quelques sérieux dégâts, ils avaient ri ensemble à l'idée du sermon auquel ils avaient échappé un peu parce qu'ils avaient été des paroissiens défaillants et beaucoup grâce à la crise des vocations.

Le Blondin, ainsi l'appellerait-on longtemps, avant de savoir, avait donc débarqué à la période froide, celle qui éloigne les touristes de ces villégiatures campagnardes, rendant aux villageois leurs rues étroites et vides, et leurs commerces modestes. Une chose était sûre, ce type-là n'était pas en vacances, et ce n'était pas un émigré ordinaire, un de ceux à la peau trop bronzée pour être vraiment du coin voire du continent. Il avait loué la maison des Simonin, une presque ruine, tout en hauteur, en escaliers, un peu à l'écart. Le seul charme du lieu, outre la vue sur la rivière, tenait au petit jardin cerné de pierres sèches dans lequel subsistaient quelques buissons que le printemps refleurissait. Aubépines, épines roses et ronces se disputaient un carré de terre pauvre qu'un figuier sauvage, bois tordu en cette saison, agrémentait l'été de ses feuilles odorantes. Des feuilles sur lesquelles la chevrière disposait ses fromages au marché du mercredi.

Personne ne l'avait vu arriver. Et l'on n'a jamais su comment il avait rencontré le François Simonin, vieux grigou, et sa bicoque, dont aucune pancarte n'indiquait qu'elle était à louer.

Un jour quelqu'un avait dit simplement à la boulangerie : « La baraque du François est habitée par un type qui n'est pas d'ici. » Et devant l'air méfiant de la boulangère, il avait ajouté : « Un Blondin, genre négligé. » Et les clients avaient ri, soulagés par sa couleur de cheveux. Il était évident qu'aucun d'ici n'aurait songé à habiter un tel lieu, et moins encore à louer la ruine du Simonin.

Tous avaient pensé que ce type-là était un gogo, un paumé, une sorte de beatnik, peut-être... dans le genre de ceux qui avaient débarqué dans les années 1970 pour élever des chèvres, vivre l'amour libre en lisant ce Wilhelm Reich dont ils se gargarisaient. Et qui, deux ans plus tard, étaient repartis dans les bureaux et les universités qu'ils n'auraient jamais dû quitter.

Lui, le Blondin, il n'était pas là pour le fromage, ni pour les chèvres, ni pour l'amour. Il était là. On n'en savait pas davantage. On avait seulement vu sa vieille 4L beige mangée de rouille garée le long du mur, à l'arrière de la maison. Ruine contre ruine. Sûr, il ne roulait pas sur l'or. Ce n'était pas avec lui qu'on allait faire tourner le commerce local.

Il avait mis plus longtemps encore à pousser la porte de la supérette. Était-il arrivé avec des provisions, de quoi tenir un moment, le temps de s'installer ? Et puis la pitance avait commencé à manquer, et il avait fallu renouveler le stock. Il avait « acheté large », avait dit Annie, la caissière, le soir au bistrot où se retrouvaient, sans jamais se mélanger, les vieux poivrots et les jeunes célibataires qui ne crachaient pas non plus sur le pastis.

– Large ? avaient demandé les autres.

– Pour plusieurs jours. Des pâtes, des bières, de la charcuterie, du pain en sachet...

– Pas de vin ? Pas de Ricard ?

– Non !

– C'est vraiment pas un type de chez nous, avaient-ils conclu.

Pour sûr, il n'était pas de chez eux. Pas bavard, non plus. Avec un drôle d'accent. Pas vraiment étranger, mais bizarre. Un peu chti mais en moins drôle, avait noté Annie. Elle s'était gardée de dire qu'elle lui trouvait de beaux yeux. Inutile de se faire mal voir. Mais elle le pensait, des yeux tristes, entre gris et bleus, et qui se dérobaient. Qui vous regardaient quand ils croyaient que vous ne les regardiez pas. Un regard pas franc en somme. Troublant.

Puis on avait fini par s'habituer à lui, discret, saluant les autres de la tête, sans paroles ou presque. Un taiseux, comme les gens d'ici. Sauf que, les gens d'ici, on savait tout d'eux. Ils étaient fils ou filles d'un tel, neveux et nièces de tel autre. On connaissait leurs terres, leurs caveaux de famille, les fredaines de leurs aïeux, les leurs, les vieilles haines qui les unissaient plus sûrement que des pactes d'amour. Tout ce qui les avait construits depuis des siècles ici à Saint-Julien-des-Sources, où ne demeuraient plus que quelque six cents âmes.

De lui, on ne savait rien. On ne lui connaissait pas d'activité rémunérée. Pourtant, il payait son loyer, avait arrangé la maison, rejointé les pierres qui s'étaient détachées de la façade et des murs d'enceinte. Il avait fait le jardin, un bon point. Le jour où on avait vu poindre les premières salades, les premières tomates, on avait cessé de s'interroger sur sa présence, sur son activité. Il resterait un étranger. Quelque chose comme la fondille du café, ce dépôt de poudre brune qu'on trouve au fond des tasses ; personne ne l'avale mais il est indissociable de la boisson. Il appartenait de cette manière-là au village, comme une sorte de corps qui, tout en demeurant étranger, lui était intimement lié.

Un peu comme le peintre, Hans Glawe, qui avait installé son atelier dans la grange d'une vaste ferme acquise quatre ou cinq ans avant l'arrivée du Blondin. Étrangers ils étaient, étrangers ils resteraient. Mais, à défaut d'être accueillis dans le village, ils étaient tolérés. Au moins, ils n'étaient pas gitans, ni arabes. C'était déjà ça.

On savait, par la télé, que le peintre était célèbre. Ils pensaient : donc riche. Mais lui, ce type maigre et triste, d'où sortait-il son argent ?

L'équipe de télévision qui était venue filmer Hans Glawe chez lui, dans la vaste ferme, à l'écart du village, où il avait installé, outre son atelier, sa demeure, n'avait pas échappé à la curiosité générale. On en avait parlé des jours durant. Ce boche froid et distant était donc une vedette. On ignorait jusque-là son activité. Et le mot désuet de vedette recouvrait tous les possibles, ignorant l'essentiel. Il était connu, mais pourquoi ? Que faisait-il ?

On avait débattu de la chose au Shopi, au bistrot, dans les travées du supermarché distant de quelques kilomètres où tous allaient discrètement acheter à des prix plus raisonnables qu'à la supérette l'essentiel de leur quotidien. Ce type n'avait jamais adressé le moindre mot à quiconque. Il ne se rendait jamais au centre du village. Son factotum, ainsi s'autoproclamait la personne qui s'occupait de la ferme, des courses et de conduire la Volvo, un modèle récent, noir – genre corbillard, disait-on en le voyant passer –, n'était pas du village ni même des environs. Il n'avait pas l'accent. Lui, il saluait tout le monde mais ne s'était lié à personne. Il restait poli mais lointain. Il évoquait son maître en disant simplement « Monsieur ». Monsieur souhaiterait, Monsieur aimerait... On s'était demandé si parmi ses nombreuses attributions il n'y avait pas celle de réchauffer le lit de Monsieur. Lequel était sans femme et sans enfant. Plus très jeune, il est vrai. Puis ce potin-là, comme bien d'autres, avait cessé de circuler. On s'était habitué.

Et ce jour-là, plus d'un an après son installation, un camion de France 3 avait traversé le village et s'était arrêté chez le boche, où il était resté une journée complète. Une partie de l'équipe était passée au bistrot. Ils avaient interrogé la patronne, plus bavarde que le patron mais qui avait bien été obligée de dire qu'elle ne savait rien de cet homme. Elle s'était arrêtée à temps pour ne pas dire « du boche ». Et c'est à cette occasion qu'on avait appris qu'il était peintre, un peintre allemand très connu.

Un des piliers du bistrot avait commenté la chose, disant à voix haute ce que tous pensaient :

– Il est trop jeune pour avoir été nazi mais quand même. Avec les Allemands, dans le coin, on sait jamais. Si ça se trouve, c'est son père ou son grand-père qui a connu cette ferme en 43-44. L'un l'a occupée et l'autre achetée...

Tous les villageois avaient regardé l'émission. Le boche parlait avec un fort accent un français fluide et harmonieux. Il racontait son choix de la France, de cette partie de France propice à sa création. On voyait de grandes toiles aux couleurs sombres, brunes, noires, traversées d'éclairs de couleur, hérissées d'objets, branches, lames de faux qui semblaient jaillir de ces horizons obscurs comme une menace.

Dans le bar où ils s'étaient rassemblés, nombreux comme pour les matchs de foot à enjeu international, les gens étaient d'abord restés silencieux devant ce défilement abstrait et violent. Puis l'un d'eux s'était risqué :

– Mais c'est moche, c'est à chier ! Ça, de la peinture ? Il se fout du monde. Ces trucs-là, moi aussi, je peux les faire.

Et presque tous avaient acquiescé, renchéri.

– Putain, ce mec, quelle arnaque !

C'est ce jour-là, sans doute, que l'idée de faire une virée chez le boche avait germé. Ils allaient voir ça de plus près, rigoler un peu.

Mais sur le moment ils n'en avaient rien fait. Ils s'étaient contentés de pester, de jurer, de cracher sur ces mecs qui se faisaient des couilles en or avec n'importe quoi. Des artistes, ça ?

Et le temps avait passé. Le printemps puis l'été et la ruée des touristes. On n'avait pas eu un instant à soi. Et le boche était parti dans sa Volvo conduite par son factotum.

Non, il ne quittait pas les lieux, mais il s'éloignait quelques semaines. Trop de monde au village, trop de chaleur, trop de bruit. « Monsieur aime la solitude et le silence », avait dit l'homme à tout faire. Et puis il avait une grande expo, on n'avait pas très bien compris où. Certains disaient à New York, d'autres à Berlin. Une grande expo ! Et tous avaient ricané, repris leurs blagues idiotes, et leur vocabulaire grossier. Mais on sentait bien que dans le fond, même s'ils se moquaient de ce type et de sa peinture dégueulasse, même s'ils avaient d'autres chats à fouetter, ils étaient vaguement flattés que ce peintre, de merde certes mais connu, ait choisi leur village. La jalousie, la haine viendraient plus tard.

2

Personne n'avait remarqué qu'Annie, la caissière de la supérette, vingt-huit ans, toujours célibataire après une histoire d'amour malheureuse avec un garçon de la ville, allait retrouver le Blondin certains soirs quand les portes des villageois étaient closes et que derrière les voilages des fenêtres tremblait la lumière bleue des téléviseurs.

C'était une aventure ordinaire dont elle avait pris l'initiative. Dès la première rencontre à la caisse, elle avait été séduite par la discrétion et le regard triste de l'étranger. Elle avait bien vu qu'il la regardait avec intérêt dès qu'elle détournait les yeux. Elle n'était plus la timide violette d'antan, celle qui attendait si ce n'est le prince charmant, du moins que l'autre se déclare. Elle avait aimé, souffert, et s'était promis de ne plus se laisser piéger, de prendre plutôt que de donner. Et ce type-là, il fallait juste le cueillir comme un fruit trop mûr sur sa branche morte. Au mieux, il l'aiderait à surmonter sa solitude. Tristesse contre tristesse, cela ferait peut-être de la joie, du plaisir. À la manière de cette règle de grammaire qu'on inculquait en classe, selon laquelle deux négations égalent une affirmation.

Alors elle avait osé l'aborder sans détour et lui proposer de venir chez lui partager une des bières qu'il achetait par packs de douze.

Il n'avait pas eu l'air surpris, se souviendrait-elle plus tard. Ni gêné. C'était comme s'il attendait la proposition, il la trouvait logique. Elle s'était dit que les filles de chez lui, de ce lieu inconnu d'où il venait, n'avaient sûrement pas froid aux yeux. Cette idée avait fait sourire Annie. Plus aucune femme ou presque n'avait froid aux yeux maintenant. Dans un village, on fait comme en ville, mais en douce.

À aucun moment elle n'avait songé à son âge. Il était nettement plus vieux qu'elle. De vingt ans au bas mot. Peut-être plus. Mais il y avait dans son allure, dans sa silhouette longue et maigre, un rien voûtée, comme un air d'adolescence.

Le premier soir, elle n'avait rien vu du lieu. Elle n'était pas là en espionne. C'est à peine s'ils avaient eu le temps de finir une bière qu'ils se dépouillaient l'un l'autre avec cette brutalité que donnent le désir et une certaine honte. Éviter le regard de l'autre, plonger en lui, se perdre. Puis elle s'était rhabillée très vite, sans un mot, tandis qu'il allumait une cigarette. Et elle était repartie, presque en courant, à peine rassasiée de tout ce désir qui la rongeait depuis sa rupture.

Deux jours plus tard, il était revenu faire ses achats à la supérette, comme si de rien n'était. Il lui avait même souri en lui tendant les euros de sa note. Et au moment de quitter les lieux, il avait regardé derrière lui, et, ne voyant personne – il n'y avait que deux vieilles dans les rayons, mais elles étaient loin et sûrement sourdes –, il lui avait demandé son prénom et si elle reviendrait le visiter – il avait employé ce mot de visiter, incongru au regard de la chose qu'il recouvrait –, et en rosissant elle lui avait dit « Annie » et « Volontiers ». Et il était sorti du magasin d'un pas plus léger.

C'est ainsi que commença leur histoire.

Qu'aurait-on dit si on avait su, au village ? Annie évitait de se poser la question. Elle n'avait pas tout à fait renoncé à avoir une vie « normale », un fiancé qu'on épouse, des enfants. Quelque chose de respectable, vaguement ennuyeux, soupçonnait-elle en voyant les clientes au visage las qui, le samedi ou le dimanche matin, venaient acheter à la hâte ce qu'elles avaient oublié de prendre à la grande surface lors de la nocturne du vendredi. Un horaire pour femmes laborieuses, employées en tous genres qui, au terme d'une longue semaine, pouvaient encore faire les courses et regagner la maison le coffre de la voiture plein, prêtes pour une deuxième journée de travail, non rémunérée celle-ci, au service du mari et des enfants vautrés devant la télé, toujours affamés et attendant de mettre les pieds sous la table.

Annie se réconfortait en imaginant le malheur des autres. Non qu'elle fût malheureuse – elle l'avait été, ne l'était plus –, mais cette médiocrité des femmes mariées qu'elle imaginait ou devinait lui permettrait de vivre plus librement cette relation sans lendemain avec l'étranger qu'elle se refusait désormais à nommer le Blondin.

Très vite, ils avaient trouvé un modus vivendi. Elle passait deux soirs par semaine, tard, quand elle ne risquait pas de croiser des villageois dans la rue. Il lui avait demandé de l'appeler Louis. Il n'avait pas dit : « Je m'appelle Louis. » Et elle avait compris que ce n'était pas vraiment son nom. Mais peu importait. Pour elle il serait Louis. Sans nom de famille. À quoi bon l'obliger à mentir ou à inventer deux fois.

Au fil de leurs soirées – mais pouvait-on appeler ainsi les deux heures qu'ils partageaient presque sans un mot, hâtifs et maladroits comme des naufragés ? – leurs gestes s'étaient affinés, affermis. Ils prenaient en quelque sorte le temps de respirer, de se regarder, d'avancer un mot, une phrase. Pas l'ombre d'une confidence dans leurs maigres échanges verbaux. Comme si se dire était plus difficile, plus dangereux que se donner. Mais une certaine douceur affleurait dans leur manière de se frôler lorsque, rhabillés, il lui caressait la joue avant que la porte ne se referme sur elle et sur la nuit du village.

Annie avait mis longtemps à regarder autour d'elle, à ne pas rester les yeux clos pour accueillir en elle cet homme qu'elle ne voulait pas voir pour mieux imaginer un autre visage, un autre corps que le sien. Puis, petit à petit, lentement, les autres images de l'homme jadis aimé s'étaient estompées, avaient fini par disparaître. Louis avait commencé à exister vraiment, avec ses yeux ni gris ni bleus, ses cheveux très blonds et raides, la tristesse de son corps, son tatouage sur l'épaule, et une drôle de cicatrice au-dessous du nombril. Froncée, comme une mauvaise couture.

Il leur arrivait même, deux mois après le début de leur aventure, de rester sur le lit, la lumière allumée, s'amusant à interpréter les dessins que l'humidité avait imprimés sur les murs chaulés de la chambre et qui leur évoquaient ceux des grottes préhistoriques. Il lui avait parlé des splendeurs d'Altamira. Et elle avait compris qu'il connaissait ce lieu autrement que dans les livres.

– Tu y es allé ? avait-elle demandé timidement.

Mais il n'avait pas répondu. Il avait juste regardé le réveil et signalé qu'il se faisait tard.

Plus jamais ils n'avaient fait allusion à des lieux où il serait allé, ni à des voyages. Louis était un homme sans mémoire, sans passé. Un homme neuf dont il fallait se contenter.

3

Le Blondin était déjà là depuis au moins deux ans quand le fils des Ribaute est revenu au village. D'abord on a cru que c'était encore un étranger qui déboulait sans prévenir en plein mois d'octobre. Un vacancier tardif. Un emmerdeur en somme. Voiture immatriculée 75, belle voiture. Encore une allemande, une Audi. Et la maison des Ribaute, fermée depuis la mort du père, qui s'ouvrait soudain à ce type venu de la capitale. Les enfants ne remettaient plus les pieds au village depuis des décennies. Avaient-ils loué ? Une maison fermée durant tant d'années devait être dans un piètre état. D'autant que ce n'était pas un palace. Juste une vieille maison, en pierre, certes, mais humide, comme toutes ces maisons sans cave, construites à même le caillou.

La mère Ribaute n'invitait jamais grand monde chez elle. Le médecin, l'infirmier, l'employée de mairie qui venait lui apporter son repas deux fois par jour… Et encore, celle-là n'avait même pas le droit de pénétrer jusqu'à la salle à manger. La vieille la recevait dans l'entrée. Chez les Ribaute, on se protégeait des regards. On se protégeait de tout. Les enfants, dont les parents s'étaient débarrassés très vite, ne rendaient pas souvent visite aux vieux. Juste retour des choses. Ils avaient été envoyés en pension dès leur plus jeune âge. En colonie de vacances, l'été. On les apercevait à Noël, à Pâques. Puis on avait cessé de les voir. Ils avaient, disait-on, une bonne situation. Ce qui en clair pouvait se résumer à un bon mariage pour la fille et de brillantes études pour le garçon. Ils n'étaient pas plus malins que les autres, mais les autres, au village, ils avaient des parents, des amis, ils jouaient ensemble, ils allaient danser, et eux rien. Juste l'étude pour l'un et une certaine beauté pour l'autre. Alors...

Les volets ouverts et l'Audi gris métallisé avaient fait jaser.

La maison aurait-elle été vendue ? Non, impossible, on l'aurait su. La fille du menuisier, clerc chez le notaire, les en aurait informés. Une location, peut-être.

– Faut pas avoir honte pour louer une maison dans cet état, pas propre, humide, qui doit sentir le renfermé et même pire.

Et puis un soir à l'heure du pastis, comme l'inconnu sortait de sa voiture garée sur la place, le patron du café l'a identifié.

– C'est pas un étranger, dis, c'est le fils Ribaute, le Claude. Il a gardé sa gueule de fouine de quand il était petit. Ouais, venez voir, on dirait sa mère, la Justine. Comme elle, il a pas l'air de se prendre pour un cachet d'aspirine. Elle vous toisait avec dédain du haut de son mètre cinquante comme si vous étiez une crotte.

Et les langues étaient allées bon train. Seuls les jeunes qui n'avaient pas connu les Ribaute n'avaient pas ajouté leurs commentaires au pot des potins.

Et Claude Ribaute avait regagné sa maison sans le moindre regard pour ce nid de vipères que le pastis faisait flamber d'une vieille colère.

On avait d'abord cru qu'il venait arranger la maison pour pouvoir la mettre en vente. Et puis, non, on avait fini par s'habituer à le voir sortant de son antre ou y rentrant sans jamais se mêler à la moindre réunion, sans mettre les pieds à l'église, ni au bistrot, ni à la supérette. Les beaux jours, il partait à pied pour de longues promenades près de la rivière ou sur les sentiers escarpés de grande randonnée que les gens du coin rivés à leur voiture n'empruntaient presque jamais et qui désormais ne connaissaient plus que les pas des marcheurs aguerris venus d'autres cieux.

Lui, Claude Ribaute, se souvenait de ces chemins du temps de sa petite enfance en compagnie du grand-père et du chien qui ne le quittait pas. Aucun marquage de couleur, aucune carte ne les signalait alors. Les bêtes et les bergers les parcouraient du pas las, lourd de l'habitude parce que c'était leur destin de paysans pauvres et de maigres troupeaux.

Depuis qu'il s'est installé dans la maison familiale, Claude Ribaute n'a parlé à personne. Il a quitté Paris sur un coup de tête. Quelque chose entre le ras-le-bol et le burn out. Le sentiment d'étouffer comme au temps du pensionnat, lorsqu'on lui faisait avaler ces platées de riz au lait dont il avait horreur. Trop ! Tout était trop.

Cela faisait longtemps déjà qu'il ne trouvait plus sa place. Universitaire ayant enfin atteint l'âge de la retraite – il se plaisait à retourner la formule consacrée qui voudrait qu'on fût atteint par l'âge de la retraite – il avait quitté ses thésards sans la moindre nostalgie. Il avait passé quarante ans de sa vie à enseigner la sociologie, une discipline si prometteuse après Mai 68. Il avait vite déchanté, et poursuivi son enseignement sans plaisir ni déplaisir, toujours plus seul alors que les amphis se remplissaient de jeunes gens chez qui il ne devinait pas l'ombre d'une passion. Au fil des ans, il s'était comme détaché de ce travail. Les étudiants toujours du même âge, lui toujours plus vieux. Et pourtant... Il se sentait mille fois plus curieux, plus révolté, plus critique que tous ces gamins trop sages qui avaient choisi sa discipline la plupart du temps par hasard et, trop souvent, parce qu'il n'y avait plus de place en psychologie et qu'ils ne se sentaient pas capables d'affronter des études de philosophie.

Lui-même philosophe de formation avait dévié vers la sociologie. Mais ce choix était d'abord un acte militant. Il pensait que là il pourrait transmettre quelque chose de neuf, de vivant...

Chaque fois qu'il refait mentalement le chemin et qu'il arrive à ce moment crucial où il a décidé de laisser à d'autres les Platon, Kant, Hegel, Kierkegaard qui l'avaient nourri jusque-là, il éprouve un malaise semblable à celui de sa jeunesse lorsque, l'aïeul décédé, ses parents lui avaient annoncé son inscription au collège Saint-Joseph, où il était admis en pension. Il avait dix ans. Un an d'avance sur ses petits camarades. Contrairement à la pension, le choix de la sociologie lui appartenait en propre. Personne ne l'y avait poussé. Hormis ses lectures, sa maturation politique, et l'image tutélaire de son glorieux professeur et modèle Pierre Bourdieu.

Jamais il n'aurait pensé se réfugier ici, à Saint-Julien. S'il avait pleuré lorsqu'on l'en avait arraché, il n'avait pas fallu longtemps pour que s'efface l'image de ce village replié sur lui-même dans lequel seul son grand-père avait compté. Peut-être est-ce ce long détachement, cette profonde indifférence à l'égard du lieu qui lui avaient permis le retour. La maison familiale lui appartenait désormais et s'y installer pour quelque temps moyennant certains aménagements lui semblait salutaire et facile.

Il avait fallu lessiver les sols, avaler la poussière, les toiles d'araignée, passer un coup de peinture dans la chambre des parents, la plus grande, qu'il s'était attribuée d'office. Le manque de livres l'avait surpris. Il ne s'attendait pas à ces murs vides, à ces étagères poussiéreuses où reposaient quelques portraits de famille dans des cadres vieillots ; des mariages, des communions... Il avait sorti les dictionnaires de la bibliothèque fermée, une sorte de petite armoire vitrée, les seuls trésors de cette maison sans écrits. Ils dataient tous du début des années 1950. Deux d'entre eux avaient le même âge que lui.

Des images lui reviennent soudain.

Il a quatre ou cinq ans, il est sur les genoux de son grand-père assis dans le fauteuil canné devant la table de la cuisine. Sous leurs yeux est ouvert un volume de l'encyclopédie Larousse. Derrière eux Thérèse, la sœur aînée, six-sept ans, fait tout ce qu'elle peut pour attirer l'attention de l'aïeul qui, imperturbable, feuillette le volume flambant neuf dont les planches en couleur sont un enchantement.

Thérèse et lui ne se sont jamais entendus. Ils étaient si différents. Elle n'aimait que les fanfreluches, le maquillage, la mode. Après le certificat d'études, ses parents l'avaient envoyée en apprentissage chez une couturière. Sans grand espoir de la voir percer dans le métier. Les robes, les manteaux, elle savait les porter, pas les coudre. Son rêve : être mannequin. Elle en avait presque la taille, et cette beauté lisse et blanche de qui prend bien la lumière. Elle plaisait aux hommes. Trop, pensaient les parents. Et lorsque, à dix-neuf ans, elle avait jeté son dévolu sur le jeune patron de la parfumerie où elle était vendeuse, ils avaient tout fait pour que l'affaire soit conclue. Elle s'était mariée alors que son frère soutenait son mémoire de maîtrise, et personne ne lui en avait voulu de ne pas être présent à la cérémonie.

Il ne se souvenait plus si les siens l'avaient ou non invité. À bien y réfléchir, il n'est plus du tout sûr d'avoir eu à décliner l'invitation.

4

Comme tous les ans, après quelques mois d'absence, on a revu la Volvo du peintre dans les rues du village. Pas le peintre. Juste la Volvo et le factotum.

– Lui, le boche, on le voit jamais. Il parle qu'à la télé, ce mec, commentent les hommes qui alignent leur petit mètre de jaune au comptoir – et un mètre de 51, pour sûr, ça vous délie la langue.

À défaut de le voir ou d'échanger avec lui, on sait des tas de choses sur sa vie quotidienne. On sait qu'il aime les petits chèvres ronds bien tendres, à peine faits. La chevrière a raconté ça à la patronne du café en lui livrant les deux douzaines bi-hebdomadaires de ses fromages.

On sait qu'il travaille en écoutant la radio. De la musique, de la grande musique, s'enorgueillit le factotum avec cette pointe de suffisance qui accompagne tous ses propos. Il est le seul à être près de Dieu, donc si on veut connaître quelques secrets sur l'Inaccessible, il faut passer par son serviteur. Il se voit un peu comme un saint que l'on prie pour qu'il intercède auprès de Dieu le père. Lui peut intercéder auprès de Dieu le peintre. Il ne le fait pas, il laisse juste entendre que… Une manière de se faire mousser, d'attirer la sympathie.

Personne ne peut savoir l'éloignement dans lequel cet homme simple est tenu par son employeur.

Un soir d'été, alors que le jaune avait coulé à flots, ça sentait l'anis jusque dans les rues, le ton était monté au bistrot. Et quelques pères passablement beurrés avaient incité les enfants à aller fureter du côté de chez le boche.

Ils étaient partis en petite troupe. Des ados – quatorze-quinze ans, l'âge bête –, excités par des pères, des oncles, des cousins, des frères passablement pâteux, avaient filé, bille en tête, emmerder le boche. Oh, rien de bien méchant. Ils n'avaient ni fusils ni couteaux, juste des bâtons pour faire du raffut et lui flanquer la trouille. C'est ça, juste lui flanquer la trouille, avaient-ils répété aux gendarmes venus les cueillir dans le champ, en face de la bâtisse d'où les regardait le peintre, qui n'avait pas bougé d'un pouce devant les menaces et les cris : « Le boche au poteau, le boche au poteau ! » Il avait juste dégainé son portable et appelé la gendarmerie. Et les gendarmes avaient débarqué fissa. Pas question de se mettre cette célébrité à dos. En plus il était protégé par le préfet et le président de région. À la caserne on ne rigolait pas avec les huiles.

Tous ces gamins chauffés par les vieux soiffards s'étaient retrouvés dans le panier à salade. Ils n'avaient jamais voulu en découdre avec le peintre, juste jouer les durs avec leurs tatouages et leurs cheveux dressés de petits coqs. Pouvoir se vanter d'avoir flanqué une trouille bleue à ce sale boche qu'il fallait haïr, même si dans leur génération on ne savait plus bien pourquoi.

Les femmes étaient allées les chercher à la gendarmerie car les maris, pas fiers, cuvaient honte et colère. Sûr que, dans les maisons, elles avaient dû passer de mémorables savons aux pères et aux fils.

Le peintre, lui, vivait presque reclus dans cette vaste bastide entourée de champs en jachère et de garrigue. Un paradis de chasseurs que les autorités avaient soustrait à leurs battues pour complaire à cet étranger qui les ignorait, qui, prétendaient-ils, les regardait de haut, avec morgue.

Comment auraient-ils pu comprendre cet homme qui avait voulu fuir la ville, la foule, ses congénères, pour donner à ses angoisses, à ses fantasmes, à ses désirs, ces formes obscures, ces corps torturés, ces bras tordus tendus vers on ne sait quelle lointaine lumière ?

Hans Glawe appartenait à cette génération innocente des gens nés dans le mitan des années 1930 et qui devraient porter sur leurs épaules – du moins le croyaient-ils – le poids de culpabilité de leurs pères, mères, oncles, tantes, cousines, aimés et haïs, qui avaient applaudi ou qui s'étaient tus devant les triomphes et les horreurs du nazisme.

Et c'est là, à l'orée de ce village français ordinaire, dans la solitude et le silence, qu'il avait trouvé si ce n'est la paix, du moins la matière de ses œuvres. La nature le nourrissait, avait-il dit lors d'un entretien télévisé qu'il avait fini par accorder à Arte sur l'insistance de son galeriste.

Dans son entourage on s'était étonné de son choix de la langue française qu'il maniait correctement mais avec un accent fort et sans réelle aisance alors que cet entretien allait passer sur la chaîne allemande et qu'il faudrait le doubler. Mais il avait tenu bon. Et il avait été fait selon son choix. Il revendiquait de parler, même mal, une langue étrangère avec laquelle il n'avait d'autre lien que celui qu'il avait défini. Un lien d'usage.

Le français maladroit qu'il n'employait qu'avec son factotum, autrement dit le minimum, ne lui permettait peut-être pas de dire sa démarche, sa quête, tout ce qui était à l'origine de son art. Mais sans doute était-ce là la vraie raison de son choix linguistique. En dire le moins possible et pouvoir éluder les questions plus intimes ou simplement plus pointues.

L'allemand demeurait cette langue tue, qui venait le visiter en silence et dans laquelle il continuait à penser et, qui sait ? à rêver.

En réalité, il aurait voulu penser et se considérer hors langue. Ou du moins n'ayant pour tout moyen d'expression et de communication que son art. Des couleurs sombres, des formes torturées, des cris muets. Un univers qui le définissait et dans lequel il se sentait d'autant plus à l'aise que peu de gens étaient susceptibles de l'y rejoindre. Il fallait pour cela n'avoir pour absolu que l'art.

La voie d'accès à Hans Glawe était étroite. Pas assez cependant pour décourager Claude Ribaute.

5

C'est Annie, la caissière, qui, la première, avait surpris le fils de Justine sortant de chez le peintre. Elle ne l'avait pas vraiment vu sortir, disons qu'elle l'avait aperçu sur le chemin privatif fraîchement goudronné – encore un cadeau du maire au boche, avait-on répété à l'envi – qui conduisait à sa propriété. Elle ne s'en était ouverte à personne car, si elle l'avait surpris là, c'est parce qu'elle était dans la rue à cette heure avancée de la soirée – entre onze heures et minuit –, le meilleur moment pour ne croiser personne lorsqu'elle se rendait chez son amant. Elle avait attendu dans l'ombre que le Claude passe. Puis elle était entrée chez Louis. À lui non plus elle n'avait rien dit. Louis était si marginalisé dans le village, si solitaire qu'un potin de ce genre ne l'aurait pas amusé. Elle en connaissait d'autres en revanche qui en auraient fait leurs choux gras.

« Tu te rends compte, ce péteux de Ribaute qui va lécher le derche du boche… Ces mecs-là, ça se croit les plus forts. Des vendus, ouais, tous des vendus ! Tu l'imagines, le Claude, en 40, non mais tu l'imagines ? » Et cela aurait fait le tour du patelin, alimenté les conversations de toutes les familles.

Enfin… elle sourit en évoquant ce à quoi le bon peuple de Saint-Julien avait échappé grâce à sa discrétion. Et ce à quoi elle échappait, elle, en cachant sa liaison car ça aussi ça aurait fait une histoire…

Elle avait pris l'habitude de rejoindre Louis à des heures plus tardives encore ; avec les beaux jours, les gens restent dehors plus longtemps.

Il ne s'était jamais étonné de ses horaires variables. Il n'avait jamais vraiment l'air de l'attendre. Quand elle arrivait, elle le trouvait toujours soit plongé dans un livre, soit devant la télévision, qu'il éteignait dès qu'elle glissait un pied sur le seuil, avec l'empressement de qui cache quelque chose. Elle s'était interrogée les premières fois : que ne voulait-il pas qu'elle découvre sur l'écran ? Elle n'avait jamais pensé qu'il regardait des pornos en douce. Il n'était pas ce genre d'homme. Elle en avait connu des qui se préparaient ainsi aux filles, boisson et porno, pour se donner du courage et de la virilité. Lui, il était différent. Et les voix qu'elle entendait vaguement derrière la porte close n'avaient rien des râles de plaisir rémunérés. C'étaient des voix de commentaire, des voix mesurées, incompréhensibles, mais dont elle reconnaissait la musique. Elles lui rappelaient ces émissions que son père regardait jadis les après-midi d'hiver. Il y était toujours question de vies d'animaux ou d'habitants exotiques et de contrées lointaines. Adolescente, elle détestait ça.

Que son amant se passionne pour ce genre de choses – mais s'agissait-il bien de ce genre de choses ? – ne l'étonnait pas vraiment. Il ne ressemblait à personne. Il n'était pas tout à fait de ce temps et de ce monde. Ce qui l'avait séduite.

Ce soir-là, elle n'avait pas écouté à sa porte, trop troublée peut-être par ce qu'elle venait de découvrir, craignant aussi d'avoir été aperçue par Claude Ribaute. Mais comment pourrait-il la reconnaître ? Il la connaissait à peine. Il aurait tout au plus deviné une silhouette de femme, ombre plus dense sur l'ombre des murs.

Puis elle avait rejoint Louis, qui était en train de lire. Il avait rangé le livre avec cette hâte qu'il mettait à faire disparaître les traces de ses activités solitaires. Et il lui avait ouvert les bras. Le reste n'appartenait qu'à eux.

Dès le lendemain, alors que, de sa caisse, elle regardait la rue, elle avait vu le Claude traverser la place à vélo, sans saluer personne, avec cette sorte de raideur de la nuque qu'il avait héritée de sa mère et qui leur donnait, à l'une comme à l'autre, l'air hautain.

Alors, elle n'avait eu de cesse d'en savoir plus sur cette relation entre un étranger célèbre et un enfant du pays qui snobait tout le monde.

Profitant de l'absence momentanée de clients, elle avait mené une courte recherche sur internet. Tapé le nom de Claude Ribaute. Il avait une entrée Wikipédia et un portrait où il n'était pas à son avantage. La photo prise de trop près soulignait les cernes qui creusaient son regard vide de toute expression. Il n'aurait pas été vilain garçon, pensa-t-elle, sans cette espèce de crispation de la mâchoire qui durcissait ses traits. Elle lut sa courte biographie. Né en 1952 à Saint-Julien-des-Sources. Parents agriculteurs. Études brillantes. École normale d'instituteurs puis Normale Sup Saint-Cloud. Agrégation de philosophie.

Rien qu'elle ne sache déjà. Des gars avec des itinéraires comme lui, il n'y en avait pas pléthore au village.

Suivaient quelques titres de livres publiés par des presses universitaires (Paris, Rennes, Grenoble). Le plus récent, intitulé *Le Remords et la Guerre*, était paru aux éditions du Seuil l'année précédente.

La notice spécifiait aussi qu'il dirigeait un vaste travail sur « Art et rédemption aux XXe et XXIe siècles » pour un éditeur italien.

Elle avait dû sortir dans l'urgence de sa rêverie informatique car trois personnes l'attendaient à la caisse, raclant leur gorge de plus en plus fort pour la tirer du bureau où elle était allée chercher ces informations.

Elle s'était excusée, et avait repris son travail avec ces gestes mécaniques qui la transformaient en automate.

Depuis sa liaison avec Louis, presque quatre mois déjà, elle avait pris conscience de l'étroitesse de son existence. Et ce travail de caissière, qu'elle accomplissait avant entre détachement et légèreté, lui devenait plus difficile.

Louis n'en était pas responsable. Jamais il ne lui avait tenu le moindre propos dévalorisant sur son activité professionnelle. Mais, à son côté, elle avait éprouvé avec plus d'acuité encore le sentiment de se perdre dans une tâche qui n'avait jamais été un but dans sa vie. Elle s'en accommodait, trop heureuse d'avoir un boulot après son histoire d'amour ratée et son retour au bercail. Mais elle avait rêvé d'autre chose. Des rêves qu'elle avait occultés pour faire front. Ne pas se laisser démolir. Ne pas se laisser distraire. Après le bac, elle avait étudié la diététique dans une école privée bien trop coûteuse pour le budget de ses parents. Elle avait dû quitter la boîte en cours d'année. Elle n'avait jamais passé l'examen final, celui qui vous donne le titre. Elle en était partie honteuse, de cette honte de la pauvreté. Mais elle avait aimé ça, la diététique, et elle s'était promis de reprendre un jour ses études et d'entrer dans une collectivité : école, lycée, hôpital, pour y améliorer l'ordinaire. C'est du moins ainsi qu'elle s'imaginait, apportant un mieux à ces repas insipides dont elle gardait un triste souvenir de demi-pensionnaire. Dans un premier temps, il lui avait semblé que travailler dans une supérette la rapprochait de son rêve de diététicienne. Très vite, elle avait dû déchanter. Et la perspective de reprendre ses études s'était éloignée. Elle se contentait de ranger avec application le minuscule rayon bio du magasin.

Et puis il y avait eu Louis. Excellent pour sa libido. Mais pas seulement. Louis était un homme délicat, sans nul doute instruit. Elle ne cherchait pas à savoir ce qui l'avait conduit là, dans cette maison miteuse qu'il améliorait sans cesse et dans laquelle elle vivait les plus jolis moments. Louis ne parlait pas beaucoup mais il savait écouter. Elle lui avait raconté des choses sur le village, les gens, sa famille. Elle se sentait comprise, admise telle qu'elle était. Avec lui, elle n'avait pas à faire d'effort. Elle existait.

Elle aimait bien son rapport au corps, à la nudité. Elle n'éprouvait aucune gêne à le voir circuler nu dans la maison ou dans le jardin. Peu à peu, elle avait fait de même. Et cette nudité n'avait rien de choquant à ses yeux de fille élevée dans une tradition catholique puritaine. Chez Louis, elle n'avait jamais perçu le moindre signe de perversité, le moindre regard vicieux lorsqu'elle circulait devant lui avec son corps de fille jeune, un peu trop ronde peut-être selon les critères en vigueur. Un corps sain et ferme.

Au début, ils n'avaient pas beaucoup de sujets de conversation. Elle n'était pas là pour ça. Mais avec la répétition des rencontres, la mise en place lente des habitudes, la confiance et une certaine tendresse, les mots aussi les avaient réunis.

Elle riait de son drôle d'accent. Il n'arrivait pas vraiment à rendre les *e* muets, et il parlait un français sans faute mais avec une musique étrangère. Il était polonais. Juif polonais ? Non, polonais seulement.

Mais, lorsqu'elle l'avait interrogé sur la Pologne, il avait éludé les questions. Il était parti et n'avait aucune envie de se souvenir de sa vie là-bas. Il n'avait plus de parents. Alors il était libre. Maintenant, avait-il ajouté en souriant, il était juliennien de source. De source et non des sources, avait-il précisé, en s'essayant au *e* muet.

Alors Annie, sans trop savoir pourquoi, lui avait parlé du peintre Hans Glawe qui snobait tout le monde et n'avait aucune envie d'être juliennien. Elle lui avait dit qu'au village on le surnommait le boche. Louis avait tiqué. Du moins Annie avait-elle eu ce sentiment. Et comme pour couper court à tout développement sur le sujet, il l'avait prise dans ses bras et l'avait conduite dans la chambre.

6

Au bistrot, les langues allaient bon train sur tout et sur n'importe quoi. Quand il n'y avait pas de sujet évident à commenter, comme un match de rugby, d'autres épreuves sportives, des passages à la télé du président de la République ou l'apparition d'une nouvelle étoile de la téléréalité, on se retournait vers le village et, le 51 aidant, on refaisait l'histoire. Surtout celle des absents, de ceux qui ne trinquaient pas volontiers, qui préféraient leur solitude à la communauté bavarde des buveurs. Quitte à l'inventer, cette histoire, à la réinventer en la chargeant, en lui ajoutant toutes sortes d'anecdotes, des mensonges qui, pensaient-ils, pimentaient le récit. Les soirs de beuverie, le samedi surtout, le bistrot bouillonnait de potins. Ça fonctionnait presque comme un concours de jeux floraux, la poésie en moins. Chacun ajoutait le sien, surenchérissant sur le précédent. Et ça riait, ça gueulait, ça jurait. Dans leur bouche saturée d'anis et d'alcool, les femmes n'étaient plus que des gonzesses, des pétasses, des putes. Des salopes. Toutes à baiser, déjà baisées ou, pire, même pas baisables.

Après les femmes on passait au chapitre des étrangers : des bougnouls, des melons, des boches…

Ils en avaient un certain nombre sous la main pour se défouler. Les premiers à détester avaient été les Marocains installés au bout du village et qui faisaient communauté à part. Quand les filles et les femmes avaient commencé à se voiler, elles qu'on avait vues en cheveux, arborant des crinières flamboyantes de henné, les commentaires avaient été plus orduriers encore. Il avait fallu qu'Annie, une des rares filles du cru à venir boire un demi panaché avec les hommes, se mette vraiment en colère pour que cessent les cris et les insultes. Ils avaient repris après son départ, moins fort, ils ne voulaient pas la fâcher, Annie. Elle était de chez eux. C'était pas un canon – trop de bide, pas assez de seins, trop de fesses – mais ils l'aimaient bien. La plupart la connaissaient depuis l'enfance. Une brave fille qui avait voulu les quitter, qui était allée s'amouracher ailleurs. Elle avait pris une sacrée claque, l'Annie, et elle était revenue. Elle avait enfin trouvé sa place, derrière la caisse. Comme sa mère à la boulangerie et comme sa grand-mère qui, il y a à peine trente ans, distribuait encore le lait dans le village avec son âne et sa carriole.

Dans le fond, l'arrivée du boche, du Blondin et du Claude était une aubaine. Ils pouvaient alimenter des soirées entières sans que le flux des commentaires et des insultes faiblisse.

Le Blondin, on ne savait pas trop qu'en penser. Il était tellement discret. Il saluait quand il les croisait. Mais il ne mettait jamais les pieds au bistrot. Il ne se mélangeait pas. Tant mieux. Il avait bien arrangé la ruine des Simonin. Un bon point, c'était pas un fainéant. Et le jardin avait l'air prospère, en tout cas bien tenu. Il ne faisait pas de vague, ce type. Mais Dieu qu'il était pâle, et maigre. Et même s'il n'échangeait pas trois mots avec les gens, on avait bien perçu qu'il avait un accent. De quel pays pouvait-il bien venir ?

Sûrement pas d'Allemagne comme le peintre, ce fat qui les écrasait de sa morgue et de son mépris. S'ils avaient dû justifier cette affirmation, ils auraient eu bien du mal. Hans Glawe ne songeait pas du tout à les écraser car il les ignorait. À leur égard, ni morgue ni mépris. Pour lui, ils n'existaient pas, tout simplement.

Le Blondin, pensaient-ils, n'avait pas ce côté conquérant des boches, qui se croyaient chez eux parce que leurs aïeux avaient failli conquérir la France. Certes, il avait le poil clair et venait sûrement d'une contrée nordique. Suède, Danemark ? Mais il n'écrasait personne, lui. Il faisait plutôt pitié. L'un d'eux avait risqué : « Ce mec-là, c'est une épave. » Et tous avaient acquiescé.

Quand Annie entendait ce genre de commentaire, elle frémissait à l'idée qu'ils apprennent sa liaison. Mais elle restait discrète. Elle ne le rejoignait pas systématiquement tous les soirs, même si elle avait augmenté le rythme des visites, passant de deux à trois voire quatre par semaine. C'est elle qui décidait. Et ils ne sortaient jamais ensemble de la maison. Ils n'allaient même pas dans le jardin ensemble. Lui parfois s'y rendait, seul, pour y cueillir une figue ou une herbe aromatique. Et elle, une fois pour voir les étoiles filantes.

Pour vivre heureux, vivre caché. En réalité, il ne s'agissait pas vraiment de bonheur pour elle. Pas plus que pour Louis, qui trimballait une espèce de tristesse au fond des yeux. Un poids secret lui ployait les épaules, et sa longue silhouette maigre dégageait une sorte de vulnérabilité. C'était cela aussi, cette mélancolie, cette fragilité, qui avait séduit Annie. Bien que plus jeune que lui, elle avait parfois le sentiment de le protéger comme elle aurait souhaité, sans se l'avouer, protéger un enfant.

Et voilà que le fils de Justine, le Claude Ribaute, ce snob, était lui aussi rentré au bercail. Alors lui, plus parisien, tu meurs. Pourtant il avait traîné sa culotte comme eux tous sur les bancs de la classe unique où ils avaient appris à lire et à écrire. Mais il était parti vite, chez les jésuites. Les Ribaute, ils se sont jamais pris pour des cachets d'aspirine…

La carrière de Claude Ribaute, dont on voyait parfois la photographie dans la presse, dans les pages essais de journaux qui ne passionnaient pas les Julienniens, n'avait ému personne. Et même ses passages pourtant nombreux à la télévision n'étaient pas arrivés jusqu'à eux. La culture bénéficie rarement d'horaires en début de soirée. Et après vingt-trois heures, l'hiver au village, il n'y a plus grand monde devant le petit écran. On savait qu'il écrivait des livres, mais on ne les trouvait pas à la librairie-papeterie de la ville voisine. Il aurait fallu les commander. Mais on ne commande que ce qu'on connaît. Cercle vicieux…

Claude Ribaute n'en concevait aucune amertume. Ici, il serait toujours le fils, le petit-fils, le neveu des Ribaute. Des gens pour la majorité desquels il n'éprouvait pas plus de sympathie que n'en éprouvaient les villageois.

Il avait détesté ce lieu, l'étroitesse des mentalités, la pingrerie familiale, les indiscrétions réciproques, toutes choses dont la vie parisienne l'avait protégé. À Paris, il était un intellectuel, un professeur respecté, un homme sans autre passé que celui qu'il voulait bien déclarer. Avec le temps il ne reniait plus son passage chez les jésuites. Il était finalement assez chic d'avoir fait ses humanités chez les bons pères, dont l'esprit brillant et l'intelligence politique n'étaient plus à démontrer. Et il était loin le temps où, dans la mouvance de 68, on voulait faire table rase. Certes, il gardait le cœur à gauche et une réelle fidélité à la pensée de Bourdieu. Mais il ne voyait plus de raison valable de dissimuler le chemin parcouru. Il n'était pas né intellectuel de gauche, marxiste. Il s'était nourri de toute une culture classique véhiculée depuis des siècles par les curés, et ce socle-là lui avait permis de se hisser plus haut, plus loin. Dans le fond, pensait-il, il s'était toujours construit contre : sa famille, les jésuites, mais il ne reniait ni l'une ni les autres. Et le retour dans cette maison qui avait vu naître et mourir des générations de Ribaute n'avait rien d'une reddition. Il ne revenait pas en pénitent mais en homme libre.

Avait-il soupçonné la manière dont les villageois le tiendraient à l'écart ? Mais le tenaient-ils vraiment à l'écart ? N'était-ce pas lui, Claude, qui les tenait éloignés ?

Des fenêtres de la maison Ribaute qui donnaient sur la grand-rue, il apercevait la place. Et de son fauteuil de bureau – en réalité la vieille chaise cannée du grand-père – Claude entendait les éclats de voix et les rires des buveurs. Et d'une certaine manière ce raffut grossier, dont il percevait le sens par bribes, le protégeait de la mélancolie qu'il avait éprouvée à se retrouver là.

La veille, il avait passé trois heures avec Hans Glawe. Et il était urgent qu'il mette ses notes au propre. Leur conversation avait été, comme toujours, passionnante.

Glawe et lui se connaissaient depuis longtemps déjà ; pourtant, entre eux, nulle familiarité. En général, ils se rencontraient à Paris où le peintre vivait alors. Le choix de Saint-Julien ne devait donc rien au hasard. Glawe cherchait un lieu où travailler tranquille. Claude avait pensé à cette ferme désaffectée dont son grand-père avait été le métayer. Il s'était contenté de mettre le peintre et le propriétaire actuel du lieu, petit-fils de l'ancien et frère du maire, en contact. Glawe voulait acheter, le jeune héritier n'avait jamais songé à vendre mais pourquoi pas ? Ce lieu lui était parfaitement étranger et il n'aurait jamais espéré en tirer une somme correcte. L'acte de vente avait été passé dans la foulée. Et le maire avait fait un geste en goudronnant le chemin d'accès défoncé par les tracteurs et les pluies violentes.

Mais cela n'avait en rien changé les rapports courtois mais assez distants qu'entretenaient les deux hommes. Le peintre savait que le travail de Ribaute sur son œuvre était important. Et Ribaute était bien conscient du privilège d'être le seul interlocuteur agréé par un artiste que le monde entier commençait à connaître et à se disputer.

Au bout de la rue, le volume sonore était à son apogée. Claude s'est levé pour fermer les fenêtres. La rédaction de l'entretien l'occuperait une partie de la nuit.

7

On avait d'abord cru que sa pingrerie légendaire avait poussé le père Simonin à n'accepter que du liquide pour la location de sa baraque. Tous les premiers du mois, on le voyait se rendre chez le Blondin et en ressortir très vite, la mine réjouie et quelques billets neufs dans le portefeuille. Il en profitait pour jeter un œil intéressé sur l'avancée des travaux d'aménagement, l'amélioration de son bien. On était presque sûr au village que, lorsqu'il aurait fini de retaper la maison, le père Simonin virerait le Blondin et la relouerait le double ou le triple à des gens de la ville en quête d'un logement plus vaste et plus abordable, ou, plus lucratif encore, à des touristes.

Lorsqu'on l'interrogeait, le père Simonin se contentait de dire :

– Il bosse pas mal, ce gars, mais il est lent. Y a du taf pour que ce soit confortable. Après tout, c'est lui qui crèche là. Personne ne lui a forcé la main. Et au prix qu'il paie, il pouvait pas s'attendre à un palace.

Le Simonin avait donné les clefs d'une maison qui n'avait pas vu un pinceau, ni un chiffon, ni une burette d'huile depuis un demi-siècle. On avait même murmuré que le dernier couvert n'avait pas été levé et qu'il restait encore des assiettes sales et des épluchures naturalisées sur la table non desservie. Et ce n'est pas la morte, la mère Simonin, dernière occupante du lieu, qui aurait pu venir faire la vaisselle. Une honte !

Un mystère demeurait : comment s'étaient rencontrés les deux hommes. Et où. Le père Simonin se rendait régulièrement à la ville voisine pour ses affaires, disait-il. Il possédait deux petits appartements qu'il louait à des étudiants, mais ce ne pouvait pas être la seule raison de ses fréquents allers et retours. On racontait qu'il avait une vieille maîtresse depuis des lustres. Il l'avait gardée au chaud jusqu'à la mort de sa femme, lui promettant monts et merveilles, autrement dit le mariage. Puis le temps avait passé, sa femme était morte et il continuait à fréquenter cette femme, mais à leurs âges le mariage aurait été ridicule. Enfin rien de tout cela n'était sûr. En revanche, que le Blondin avait déjà les clefs en arrivant au village ne faisait pas l'ombre d'un doute. Il s'était rendu directement dans la maison qu'il habitait depuis lors. L'avait-il visitée avant de s'y installer ? Personne n'avait le moindre souvenir de sa venue avant le jour de son installation.

Plus tard, on apprendrait que ce n'était pas le Simonin qui avait exigé un paiement mensuel en liquide – même si, pour les impôts, c'était plus intéressant –, c'était le Blondin. Oui, exigé et pas seulement demandé. Une manière de ne pas laisser de traces, en somme. Les billets de banque n'ont pas d'odeur.

On ne cessait de se demander d'où il tirait son argent. Non qu'il donnât l'impression d'en avoir beaucoup. Il achetait avec parcimonie. Ne buvait pas ou si peu. Il fumait mais jamais en public. Annie, qui était la seule à le savoir, ne l'avait jamais vu entrer au bistrot tabac. Il devait prendre ses cigarettes en ville lorsqu'il allait y chercher de la peinture ou du matériel pour ses travaux.

Elle avait remarqué qu'il n'avait pas des mains d'ouvrier, de travailleur. Des mains comme celles des paysans du village, avec des crevasses, des blessures, des taches. Elle aimait ses mains fines et blanches, des mains qui n'avaient jamais manié la truelle. Et qui pourtant la maniaient ici avec une réussite certaine. Elle en avait déduit qu'il savait faire mais que ce n'était pas son métier. Et elle se demandait quel pouvait donc être ce métier qui lui permettait de ne pas en avoir. De ne sortir que très peu. De lire, bricoler, faire son jardin. Une vie de retraité. Sans en avoir l'âge.

Les premières semaines de leur liaison passées, Annie avait eu envie de faire plus ample connaissance avec cet homme doux qui la traitait avec considération, comme une égale. Aucun homme jusque-là ne lui avait donné ce sentiment de respect, de bienveillance. Les autres la prenaient pour leur plaisir et tant mieux si, au passage, elle en éprouvait aussi. Lui, non. Il donnait sans se livrer.

Drôle d'homme, se disait-elle lorsqu'elle regagnait sa maison dans la nuit, le corps repu et l'âme légère. Pourtant ne rien savoir de lui finissait par la tourmenter. Il n'avait pas les stigmates du pervers, d'un monstre, de quelqu'un qui a quelque chose à cacher. Mais il échappait à toutes les questions qu'elle osait lui poser sur cette vie d'avant qu'il tenait secrète. Une pirouette, un sourire, un baiser. Le silence.

Elle avait fini par lui inventer un roman possible. Il avait perdu les siens dans un accident dont il était sorti indemne, et il s'était réfugié là pour oublier. Il avait reçu une forte indemnité de l'assurance et il en vivait. Parfois, elle ajoutait des détails. Il avait une femme française, ce qui expliquait son excellent français, et une petite fille. La nuit, il les voyait vivantes dans ses rêves et le plus souvent mortes dans ses cauchemars. Ces hypothèses dramatiques, alimentées par toutes sortes de faits divers dont regorgeaient les journaux à scandales vendus à la supérette, lui interdisaient de poursuivre son questionnement. Il ne fallait pas le renvoyer à son malheur. Et puis le passé, c'est le passé. Elle non plus ne livrait pas grand-chose du sien.

Un soir qu'ils s'étaient endormis après l'amour, elle avait été réveillée en sursaut par des cris terribles. Louis hurlait : « Non, non, non ! » Et donnait des coups de pieds. Son visage en sueur exprimait une angoisse terrifiante. Elle l'avait secoué et il s'était blotti en larmes dans ses bras, effrayé et honteux. Il avait prétendu ne pas se souvenir de ce qui avait provoqué ses cris. Et tandis qu'elle le berçait comme un enfant, elle avait pensé que c'était bien ça, les siens étaient morts dans un accident dont le souvenir l'épouvantait. Un jour, peut-être lui raconterait-il enfin le drame de sa vie.

Mais les mois se suivaient et il ne lui disait toujours rien. Au lieu de sourdre au bord de ses lèvres, d'être vomi dans des mots, son malheur semblait s'enfouir au plus profond de lui. À dire vrai, il avait l'air de moins en moins malheureux. Elle avait osé en conclure qu'elle lui faisait du bien.

8

Quand sa belle-sœur qu'elle connaissait à peine lui avait annoncé sa venue, Annie avait d'abord été surprise. Cette femme avait toujours méprisé le village et tout ce qui chez son mari le lui rappelait. Puis elle avait pensé aux conséquences de son séjour : finies sa belle liberté, ses nuits de chat au clair de lune, ses amours clandestines. La maison familiale qu'elle habitait seule depuis son retour pouvait accueillir sans problème une femme et son enfant sans que l'on se marche sur les pieds ni qu'on fasse la queue aux toilettes ou à la salle de bains. Les deux étages permettaient l'intimité de chacun. Mais, sous un même toit, les bruits de la vie quotidienne sont perceptibles. Ainsi, même si elle sortait à pas de loup et rentrait en ôtant ses chaussures, le vieil escalier en bois ne manquerait pas de grincer au niveau de la sixième marche. Ce n'était pas amendable, à moins de le changer pour un escalier métallique ou en maçonnerie. Toutes choses qui n'étaient pas à l'ordre du jour.

Mais impossible de refuser. Cette maison qu'elle habitait seule appartenait à parts égales à son frère et à elle. Un frère qui, par chance, vivait loin – dans le nord de la France, où il s'était longtemps employé à gommer son accent –, détestait ce Midi où il était né, gagnait bien sa vie et n'avait jamais songé à lui demander de payer un peu pour l'occupation totale d'un lieu dont il était copropriétaire et dont il aurait pu louer sa partie.

Il est vrai qu'elle réglait seule les impôts locaux et les notes : électricité, eau et gaz. Elle avait craint un temps que son frère ne veuille vendre cette maison qu'il avait fuie dès sa majorité. Pourtant, sans qu'ils en aient discuté, ils avaient établi un modus vivendi. Elle restait la seule occupante mais elle payait les charges.

Annie n'entretenait pas de vraies relations avec le couple. Son frère et elle avaient une grande différence d'âge, plus de dix ans, et la femme qu'il avait choisie, une Italienne de Turin, n'avait jamais éprouvé le besoin de faire vraiment sa connaissance. Elle imaginait qu'ils la regardaient comme une paumée, une vieille fille de village.

Elle avait appris la naissance de leur fille par le faire-part qu'ils avaient envoyé largement, sans un mot spécial à son intention. René et Sofia étaient heureux d'annoncer la naissance de leur fille Valentina. Elle était née le 14 février, jour de la Saint-Valentin. Annie avait pensé : Et si elle était née le 14 juillet, ils l'auraient appelée Fetnat ?

Finalement elle en avait conclu que, dans cette famille où les garçons avaient toujours été plus valorisés que les filles, le couple n'avait dû songer qu'à des prénoms de garçon. Et le jour J, ils s'étaient retrouvés avec une pisseuse. Par chance Valentina est un joli prénom.

Cette petite Valentina devait avoir presque quatre ans. Le temps passe si vite…

Au téléphone Sofia avait simplement dit que la petite avait besoin de changer d'air. Et René prétendait que celui de Saint-Julien-des-Sources pouvait lui faire du bien. Elle sortait d'une coqueluche carabinée, toussait encore. Saint-Julien, ce n'était pas tout à fait la montagne, une vallée haute tout de même, quelque cinq cents mètres au-dessus du niveau de la mer. Parfait pour les bronches. Sofia avait dit tout cela avec son accent chantant, ses *e* pas du tout muets et cette voix rauque et charmeuse des Italiennes dont Claudia Cardinale est le modèle absolu.

Sofia n'avait pas dit combien de temps durerait leur séjour. Elle arriverait courant juin, quand les journées sont les plus longues. Elle prendrait l'appartement du haut, celui de la grand-mère. Elle devait savoir qu'Annie occupait le premier étage. C'était une manière de lui dire qu'elle ne souhaitait pas la déranger. Il faudrait malgré tout qu'elle aille faire un peu de ménage. Personne n'était entré là depuis des années. Annie avait toujours trouvé absurde l'installation sous les combles de l'aïeule qui avait tant de mal à grimper les marches. Puis elle avait compris que c'était un moyen de la tenir enfermée, d'éviter les fugues qui l'avaient rendue célèbre lors de son séjour prolongé à l'hôpital. La vieille laitière sortait à moitié nue, et errait dans les couloirs et les jardins, s'imaginant dans son village à distribuer le lait avec son âne.

Elle avait tenu peu de temps dans sa prison perchée. Et Annie avait refusé de la voir morte, lorsqu'on l'avait descendue entortillée dans un drap car il était impossible de passer un cercueil dans l'escalier trop étroit.

Le petit appartement de la grand-mère, qu'on appelait le grenier, comprenait une chambre, une salle d'eau sans douche, des toilettes, une petite salle à manger avec un grand fauteuil près de la fenêtre sur rue. Un coin cuisine – évier, plaque chauffante – avait été aménagé tardivement. Il était presque neuf.

En passant l'aspirateur, Annie avait eu honte d'accueillir cette femme et cette enfant dans un lieu si exigu, sans charme. L'appartement à l'étage qu'elle habitait était deux fois plus vaste et plus moderne. Quant au rez-de-chaussée, il aurait fallu faire des travaux, il y avait une grande place, mais personne à l'époque n'avait songé à y installer un studio. Ça avait longtemps été le lieu des bêtes, de l'âne en particulier – il restait encore une mangeoire –, puis celui où l'on déposait les outils et toutes les saletés – objets cassés, obsolètes, oubliés, concrétions de toute une vie – que personne n'avait osé jeter.

Elle avait résisté à l'envie soudaine, étrange, sans nul doute folle, de laisser son appartement et de s'installer au grenier. Pas question de céder toute la place. Personne du reste ne le lui demandait. Après tout, elle était chez elle. Mais l'idée continuait à la tarauder. C'est la présence de l'enfant qui la troublait. Elle n'avait jamais vécu avec un enfant. Elle en avait désiré, en avait parlé à son amoureux de la ville. Cela ne lui avait pas réussi. L'amoureux était allé voir ailleurs.

Elle était restée avec ce désir au creux du ventre, au creux des bras.

Et voilà que dans cette maison sans rires, cette maison où étaient morts des vieillards, où elle s'efforçait de survivre, une enfant allait arriver, s'installer, occuper l'espace de ses rires et de sa voix pointue. Dans le fond, elle en était bouleversée.

L'arrivée proche de la femme et de l'enfant l'obsédait tellement que Louis lui avait demandé pourquoi elle semblait soudain si tendue.

Elle s'était promis de ne rien lui dire et pourtant, là, elle avait craqué et lui avait raconté la venue d'une petite fille qu'elle n'avait jamais vue et qui était sa nièce. Et il y avait tant de lumière dans son regard en évoquant l'enfant inconnue que Louis avait souri, lui avait caressé la joue et lui avait dit qu'elle avait de la chance de pouvoir ainsi « accueillir du bonheur ». Et cette expression l'avait soudain délivrée. Oui, elle allait accueillir une petite fille, et c'était du bonheur.

Tout à sa rêverie de l'enfant, elle n'avait pas perçu la douceur du dit, sa nostalgie aussi. Ce n'est que plus tard, lorsqu'elle avait regagné sa maison, qu'Annie s'était rappelé la phrase de Louis, comprenant soudain combien sa solitude d'homme devait lui peser, combien la chance et le bonheur lui étaient refusés. Mais il était encore trop tôt pour qu'elle se pose les bonnes questions. Tous les pourquoi viendraient peu à peu, sans pour autant trouver de réponse immédiate.

Puis l'impatience l'avait gagnée. Elle comptait les jours. Elle avait confié à quelques-unes de ses clientes qu'elle allait recevoir sa nièce, oubliant de dire que l'enfant avait une mère avec laquelle elle arriverait. Et quelques mauvaises langues, s'inquiétant faussement de sa possible absence, n'avaient pas manqué de lui demander comment elle allait faire son travail ici avec une enfant de quatre ans dans les pattes.

Le 16 juin, elles étaient enfin arrivées dans une grosse voiture aux vitres teintées. Une voiture de riche, une

Mercedes. On ne s'était pas interrogé longtemps au village pour savoir qui étaient les propriétaires de cette automobile rutilante immatriculée 59.

Sofia s'était rendue directement à la supérette et Annie, statue de sel derrière la caisse, les avait regardées entrer, elle et sa fille, sans bouger, tétanisée devant cette femme élégante et belle, et cette petite fille blonde au visage d'ange.

Puis elle avait laissé sa caisse à la femme qui garnissait les rayons et les avait conduites jusqu'à leur grenier. À aucun moment ni Annie ni Sofia n'avaient esquissé le moindre geste affectueux. Et la fillette silencieuse les ignorait l'une et l'autre, perdue dans la contemplation des acacias roses de la place.

Derrière les rideaux des portes et des fenêtres, on avait observé l'arrivée de la femme Dollet, l'épouse de René, dont on se rappelait ici l'air renfrogné et le mauvais caractère. La conclusion générale serait unanime : belle voiture, belle femme, le fils Dollet avait réussi. Il y en avait au moins un dans la famille.

9

Claude Ribaute n'avait pas manqué l'arrivée de la femme et de la fille Dollet que, pourtant, il ne connaissait pas. Lors de ses rares passages au village, il avait croisé René Dollet, mais jamais il n'aurait pu associer l'élégante brune et son adorable fillette au souvenir de ce garçon au visage fermé que les gamins traitaient de faux derche et que lui, du haut de ses diplômes et de son arrogance, nommait, en son for intérieur, l'hypocrite qui n'a rien à cacher.

De son bureau – une table qu'il avait poussée devant la fenêtre de la cuisine, la seule donnant dans la rue – il avait vue sur le petit parking près de la place où la femme avait garé sa somptueuse auto. Après des heures de lecture et de prises de notes, il se distrayait à regarder les villageois qui filaient au bistrot ou, mieux encore, qui en sortaient d'un pas chaloupé, signe des nombreuses tournées de petit jaune qu'ils avaient éclusées pour oublier, s'oublier, exister aux yeux des autres ; et surtout asseoir la preuve de leur endurance à l'alcool, gage de leur virilité. Ils étaient des hommes, des vrais.

Rien n'avait vraiment changé à Saint-Julien-des-Sources. Mais cela ne l'affectait plus, ne le troublait plus. Il était retourné au village de son propre gré et, au fil des jours, il y trouvait une forme de sérénité. Ne pas avoir à parler aux gens, être sûr de ne pas croiser un cher collègue, un étudiant, un critique, lui plaisait infiniment. Il se sentait un peu comme sur une île déserte même si dans ce berceau de sa famille, de son enfance, tout le monde connaissait l'histoire des siens et donc, croyaient-ils, la sienne. En réalité, seule une part de lui qui n'était pas lui leur appartenait. La distance qu'il avait prise avec l'enfance lui permettait désormais de n'avoir à rendre de comptes à personne. Il n'attendait pas des Julienniens un accueil chaleureux, pas même un signe de reconnaissance. À ses yeux ils n'étaient guère plus que des figures peintes sur un décor.

Il avait fait le ménage en grand dans sa tête, évacuant tous les souvenirs insidieux de ses années d'apprentissage à Saint-Julien mais aussi chez les jésuites.

Jadis, avec ses camarades du pensionnat, il avait joué des pièces de Victor Hugo et de Corneille dans lesquelles il tenait toujours des rôles féminins, provoquant le rire moqueur et l'insulte facile.

Des années durant il avait évité de convoquer cette image humiliante pour le garçon de quinze ou seize ans qui avait longtemps subi les surnoms de Doña Sol ou de Chimène, héroïnes dont il déclamait alors les répliques de sa voix mutante et ridicule d'adolescent. Avec le temps, il avait fini par sourire et même par concevoir une sorte de fierté : les comédiens grecs de l'Antiquité, tous des hommes, n'interprétaient-ils pas aussi les rôles féminins ?

Puis il avait cessé d'y penser. Tout cela était bien loin. Seule demeurait l'idée que tout est théâtre et qu'il serait à jamais spectateur.

Ces silhouettes familières et étrangères qui passaient sous sa fenêtre le confirmaient dans le sentiment que la vie est une éternelle scène pour qui sait regarder. Mais, aujourd'hui, l'arrivée de la belle femme brune et de sa fillette bousculait ses pensées. Une nouvelle pièce allait se jouer dont il ignorait encore l'intrigue. Il serait aux premières loges.

Et voilà qu'elles revenaient au parking, accompagnées de la caissière de la supérette, la dernière des enfants Dollet. Ni complicité ni familiarité dans leur manière de marcher ensemble, de sortir les valises du coffre de la voiture puis de s'engager dans la rue en pente que, dans sa jeunesse, on avait baptisée « Bombe fesses ». C'est là que les Dollet avaient leur maison. La gamine blonde trottinait silencieuse près de la grosse valise qu'elle poussait maladroitement, gênant sa mère qui peinait à la traîner sur les pavés de la place. La caissière en tirait une autre, tout aussi volumineuse.

Puis tout le monde avait disparu du cadre étroit de sa fenêtre. Et il avait eu du mal à retourner à ses notes, à ce travail sur Hans Glawe qui – il avait tardé à l'accepter – avait été un prétexte pour revenir au village.

Il enviait le peintre d'être un étranger ici. Même si, lui avait confié Glawe, ce statut d'étranger n'avait pas été simple pour lui. Les gens n'étaient pas tendres. Lui non plus, enfant du pays mais déserteur, on ne l'avait pas accueilli à bras ouverts ; on l'avait ignoré, et c'était finalement la meilleure chose qui pouvait lui arriver. Ne les ignorait-il pas lui aussi, ces gens ? Mais cette ignorance réciproque n'était possible que parce qu'ils se connaissaient. Ils savaient qui il était, et lui savait des choses sur eux. Ils ne s'aimaient pas d'un commun accord. Ils devaient dire du mal de lui. Il pensait du mal d'eux. Tout était clair. C'était une sorte de pacte. Avec Glawe, c'était différent.

Les villageois n'avaient pas apprécié sa venue même s'ils avaient appris sa célébrité. Ils n'en concevaient aucune fierté. Plutôt une forme primaire de jalousie, comme si sa notoriété leur ôtait quelque chose, les faisait apparaître plus minables à leurs propres yeux.

Au cours de ses longs échanges avec le peintre, celui-ci avait discrètement abordé les difficultés de sa situation. Il s'était souvent senti menacé, lui avait-il avoué un soir alors que Momo junior, le fils du plâtrier, et deux copains avaient fait du rodéo-moto autour de sa propriété. Ce n'était que du bruit, désagréable certes, mais du bruit bête et méchant. Glawe ne s'en était pas effrayé. Il avait compris depuis longtemps qu'ici, pour ces gens qui vivaient dans le souvenir d'une occupation allemande que la plupart n'avaient pas connue mais dont ils avaient été nourris, il resterait à jamais l'ennemi. Ribaute avait objecté que ce ne serait pas « à jamais », mais force était de constater que, même soixante-dix ans après, la haine se réveillait comme un feu sous la cendre. Et Glawe avait ajouté que, dans le fond, il ne se sentait pas si éloigné de ces gens qui le détestaient. Non qu'il les détestât aussi. Là n'était pas le problème. Ils lui étaient indifférents. Mais cette œuvre torturée qui était la sienne, une forme de cri voire de hurlement silencieux, s'enracinait dans le même terreau de la mémoire que le leur. Les uns et les autres demeuraient victimes d'une situation – la guerre, l'Occupation, les camps – à laquelle ils n'avaient jamais participé, mais qu'ils subissaient. Les Français du village avaient ainsi hérité de la haine du boche et lui, le boche, de la culpabilité de son peuple. La seule différence, certes de taille, étant que les uns s'abîmaient dans la bêtise alors que lui faisait fleurir ses peines et ses douleurs. Arrachant à sa mémoire ces lambeaux de terreur, ces brassées de souffrance, ces avalanches de cadavres qui hantaient ses jours et ses nuits, il les vomissait sur le papier, la toile, le sable, la pierre, le fer, où il les laissait se tordre, s'ériger, se cabrer et finalement exister hors de lui.

– Vous accouchez de monstres magnifiques, lui avait dit Ribaute.

Et Glawe avait souri tristement.

– De monstres, oui. Mes monstres.

10

Le potin selon lequel Annie aurait loué un étage de sa maison n'avait pas tardé à lui parvenir. Elle avait vu des clientes se tortiller un peu devant elle, tenter des questions ou des remarques pouvant ouvrir les vannes d'une confidence. Certaines lui avaient parlé de sa solitude, de cette grande maison où personne ne l'attendait le soir... Et sans être perverse Annie, qui avait parlé à une ou deux clientes discrètes de la venue de sa nièce, s'amusait à débouter les curieuses, se contentant de dire combien elle appréciait le calme, l'espace, combien c'était délassant après une journée derrière sa caisse de n'avoir à parler à personne. Pas de cuisine à faire, juste une petite popote pour soi et basta.

Les clientes que démangeait la curiosité n'osaient pas insister. Elles reviendraient avec d'autres questions moins vagues, plus ciblées, car il était évident que la belle brune à la Mercedes et la gamine blonde habitaient la maison Dollet. Elles les avaient vues sortir ou rentrer, voire les deux.

Mais aucune de ces « bouillaques », comme on disait ici pour désigner ce genre de pipelettes, n'avait imaginé que la brune, jeune et belle, ait pu être l'épouse de René et la blondinette sa fille. Elles avaient dû garder de René le souvenir du gamin fouineur au visage ingrat, étroit d'épaules, que les filles refusaient d'embrasser.

Et cette femme était une bombe. Enfin, n'exagérons rien, une belle femme, la trentaine, élégante, un peu hautaine. Et sa fille, une drôle de petite princesse qui marchait le nez au ciel, sans regarder personne.

Le premier jour, Sofia s'était informée des lieux où aller avec une enfant, des coins à promenade et à goûter, des baignades possibles. Elle préférait la rivière aux piscines publiques. Valentina n'aimait pas les lieux trop fréquentés. Elle était sauvage, avait dit Sofia. Et dans ce mot qu'elle prononçait « sauvach », Annie avait senti percer un malaise. Cette sauvagerie brandie comme une défense arrêtait là tout commentaire.

Depuis leur arrivée, la petite n'avait pas regardé Annie une seule fois. Ses yeux d'un gris changeant étaient toujours tournés vers des ailleurs inaccessibles. Elle ne regardait pas davantage sa mère, avec laquelle elle semblait reliée par une onde invisible. Elles se déplaçaient ainsi à l'amble, entre harmonie et distance, connivence et ignorance. Valentina ne répondait à aucune injonction, pas même à son prénom. Et pourtant entre elle et sa mère on sentait un magnétisme, une sorte d'accord primitif.

Dire que Valentina était jolie ne décrit en rien la beauté mystérieuse de cette enfant. Annie était tombée sous son charme. Fascinée, troublée aussi par ce silence qui semblait cerner l'enfant comme une gaze ou un halo de lumière. Oui, son silence était rayonnant.

Le deuxième jour, Sofia avait un peu éclairé le comportement de sa fille. Elle avait dit :

– Valentina a un problème de communication. Mais elle comprend deux langues, mon italien et le français de son père. Elle ne parle pas. Du moins pas aux gens. Il ne faut pas s'en offusquer ni s'en étonner. Elle est silencieuse comme d'autres sont bavards. Par mesure de protection.

La brutalité relative de l'affirmation, le ton sans réplique, surtout, avaient glacé Annie. Puis la femme et l'enfant avaient regagné leur étage, elle avait retrouvé sa vie ordinaire.

La cohabitation s'était faite rapidement et sans problème. Sofia et Valentina passaient leurs journées dehors, pique-niquant là où elles se trouvaient, et rentraient le soir. Elles passaient parfois à la supérette pour y acheter de quoi cuisiner un minimum. Puis elles remontaient dans leur grenier. La fillette devenait moins farouche et, alors qu'elles étaient là depuis trois jours, elle avait contourné la caisse, avait tendu les bras à Annie et s'était blottie contre elle en silence avec un ronron de bonheur.

Annie en avait été bouleversée. Elle avait eu du mal à cacher son émotion à Sofia, qui s'était étonnée d'un tel geste chez sa fille. Puis elles étaient reparties et la vie avait suivi son cours.

Annie avait intégré la présence quotidienne légère voire tendre de la petite et celle discrète de sa mère. Même si elle n'entretenait pas de vraie relation avec sa belle-sœur, elle se sentait joyeuse le soir d'entendre le trottinement de la fillette au-dessus de sa tête. Ce petit fantôme silencieux entrait peu à peu dans sa vie.

Ses voisines se couchant de bonne heure, le désir de retourner chez Louis, qu'elle n'avait plus visité depuis leur arrivée, avait été le plus fort, et elle était sortie sur la pointe des pieds pour rejoindre son amoureux.

C'était une nuit ordinaire de juin, une nuit pas encore noire à cette heure. La fenêtre des Ribaute était éclairée et elle avait longé le mur pour échapper aux regards de Claude, qui devait travailler à son bureau. Au moins, elle ne le croiserait pas en chemin. Le bistrot, en revanche, avait fermé ses portes. En semaine, il ne restait jamais ouvert après vingt-trois heures. L'air embaumait le jasmin et la terre mouillée. Annie se sentait différente, comme si d'avoir sous son toit une petite fille à gueule d'ange qui partageait son sang et ses aïeux, et lui sautait dans les bras, l'avait soudain transformée, enrichie.

Louis vit tout de suite cette différence. Il s'en était étonné. Et Annie lui avait raconté plus en détail son frère, l'arrivée inopinée de sa belle-sœur italienne et surtout la présence de cette enfant du silence au regard profond qui ne regardait que le ciel, les arbres, les fleurs, les animaux.

Elle lui avait dit :

– Elle parle sans mot, sans regard. Elle est d'une présence magnétique.

Puis elle lui avait raconté la scène de la caisse et la manière qu'avait eue l'enfant de se blottir contre elle avec tant de confiance.

Elle avait ajouté :

– Je suis sûre que, toi et elle, vous vous comprendriez. Il y a en vous deux quelque chose de semblable. Une sorte de mystère, de poésie.

Louis l'avait écoutée sans émettre le moindre commentaire. Puis il l'avait questionnée sur l'enfant. Pensait-elle qu'elle était autiste ?

Mais la manière médicale, distante, qu'il avait eue de l'interroger sur Valentina lui avait été désagréable et elle avait changé de sujet.

Elle lui avait raconté les potins de la supérette, la curiosité de ces bonnes femmes qui essayaient d'en savoir plus sur la présence de Sofia chez elle. Et ils avaient ri des maladresses de ces championnes du racontar qui s'y prenaient comme des manches pour sonder la trop maligne Annie. Le rire les avait rapprochés, et ils avaient retrouvé très vite leurs gestes hâtifs et sûrs d'amants.

Pourtant aucun des deux ne semblait vraiment là, s'était dit Annie de retour chez elle. Chacun poursuivait son rêve. Elle, celui de Valentina lui tendant les bras. Lui, elle ignorait quel était son rêve, mais il y avait dans la douceur même de ses gestes quelque chose de douloureux, comme l'écho d'une vieille blessure. Une femme ? Une enfant perdue ? Une vie de famille déchirée ? Toujours les mêmes questions, le même roman à quatre sous. Elle ne savait rien de cet homme et, jusque-là, elle ne s'était jamais vraiment interrogée sur son passé. Mais là, soudain, parce que Valentina était arrivée, les couleurs de sa vie avaient sensiblement varié. Et la mélancolie de Louis lui était apparue plus prégnante.

11

De sa fenêtre, Claude Ribaute observe le village. Il a du mal à rédiger cette fiche sur Hans Glawe à partir de laquelle lui et le peintre devraient construire le livre qu'ils ont projeté ensemble. Il a déjà écrit des articles sur Glawe. Mais là son propos sera différent. Il voudrait – et Glawe était d'accord sur ce principe – s'éloigner de la critique d'art traditionnelle pour explorer le travail de l'artiste en lien profond avec sa vie et avec l'Histoire. Reconsidérer l'Histoire majuscule et l'histoire du peintre à travers ses toiles, ses sculptures, ces objets qui sont son pays et son paysage, et d'une certaine manière son autoportrait.

Comment aborder les choses pour que Glawe ne se sente pas trahi ?

Il relit le paragraphe qu'il a mis deux heures à rédiger :

L'Histoire confère une tonalité politique à l'œuvre de Glawe. Son regard sur notre passé oriente celui qu'il porte sur le futur. Son œuvre inscrite dans un présent mobile et dense est un pont entre les désordres de la guerre et les désarrois de notre modernité. Né en 1938 en Allemagne, il appartient à cette génération « innocente » qui a subi la guerre et qui en est à jamais blessée. Son œuvre douloureuse, tourmentée, se pense, s'espère porteuse d'une rédemption à laquelle lui, artiste maudit par sa naissance même dans une Allemagne nazie, ne peut aspirer. Glawe crée de gigantesques toiles, des figures du désespoir qui sont des cris expiatoires, des croix sur lesquelles il se crucifie.

Pas fameux, se dit-il. Mais il n'efface pas le texte de son ordinateur. La nuit porte conseil. Il fera mieux demain. Ou pas. Il a du mal à se concentrer. Peu à peu, insidieusement, la vie du village occupe son esprit. Il ne se passe pourtant rien d'extraordinaire. Et si ce qu'il observe de sa fenêtre se déroulait à Paris, dans sa rue, il n'y prêterait pas la moindre attention. Alors pourquoi les vies minuscules de tous ces gens prennent-elles possession de ses pensées ?

Il a le temps, un temps infini, dilaté. Pas un temps de vacances qui, par définition, est compté, ni un temps de repos – il est là pour mieux travailler –, mais ce temps que les Latins nommaient *otium* et qui est à la fois celui de la réflexion, de la paresse, du vide et d'une certaine manière de plénitude. Le temps de ceux qui sont riches de temps. Le temps des sages.

Il se sent moins dur à l'égard de ces villageois dont il avait voulu rayer jusqu'au souvenir. Ils sont comme lui, ni plus ni moins. Enfin presque. Lui les regarde vivre, eux le jugent sans le regarder. Le fils Ribaute est un Ribaute. Un type pédant qui, comme les siens, a toujours voulu se distinguer. Il se souvient de Justine, sa mère, portant gants et chapeau à voilette pour se rendre à la messe alors que les femmes du pays sortaient, un foulard sur la tête dans leurs habits de paysanne ; elles avaient juste ôté leur tablier et échangé les sabots ou les charentaises pour des chaussures plates. Il fallait voir le regard des gens sur cette famille de prétentieux qui se prenaient pour je ne sais quoi sous prétexte que le père avait été le premier à avoir le brevet. Pour ce que ça lui avait servi, ce diplôme que tous les enfants d'aujourd'hui obtiennent les doigts dans le nez ! Et punaise de bénitier avec ça, la Justine.

Claude serait près de penser la même chose que la vox populi. Et cela le rend plus indulgent même si pour rien au monde il n'irait prendre un verre au bistrot, ni faire la moindre course à la supérette. Pas à cause de la jeune caissière, Annie, dont il a retenu le prénom et qui lui semble être plutôt sympathique, mais l'idée de croiser les commères qu'il voit se presser un cabas à la main lui hérisse le poil.

Annie, que les clients interpellent parfois dans la rue, il la trouve charmante. Il suppose que c'est une petite-fille Dollet car elle habite la maison familiale. Trop jeune pour qu'il l'ait connue à l'époque. Son père doit être Auguste Dollet, un type sensiblement plus vieux que lui, un fainéant notoire. « Un visage de fouine, des yeux de pourou et un poil dans la main qui lui sert de canne », disait-on de lui chez les Ribaute. Claude n'a jamais su ce qu'était un pourou et aucun dictionnaire ne l'a jamais renseigné. Mais il aime se souvenir de l'expression telle qu'elle sonne encore dans sa mémoire.

Ce ne doit pas être facile d'être une jeune femme libre dans ce village. Et Annie se cache plutôt pas mal quand elle se rend chez son amant, l'étranger blond qui vit dans la bicoque des Simonin.

Ce type qu'il a aperçu plusieurs fois dans la rue l'intéresse. Non pas à cause de son aventure avec la jeune caissière mais parce qu'il est comme posé dans ce village. Posé, pas intégré. Claude ne sait pas depuis combien de temps il y vit. Il était déjà là lors de son arrivée. Sans le connaître ni l'avoir approché, il se sent solidaire de sa sauvagerie. Ils ont en commun de ne se mêler à personne.

De sa fenêtre, il le voit le plus souvent de dos. Un dos de vaincu. C'est l'expression qui lui est venue spontanément. Cet homme porte les malheurs du monde sur ses épaules. Ou peut-être seulement les siens. Mais Dieu qu'ils sont lourds !

Ribaute n'a jamais entendu sa voix, à peine entrevu ses yeux pâles cernés de bistre un jour où le blond l'avait surpris à sa fenêtre. Il n'avait pas détourné le regard, lui avait adressé un vague salut de la tête auquel Ribaute avait répondu plus vaguement encore. Ici, personne ne le saluait. Et que cet étranger le fasse sans insistance mais avec une discrète courtoisie l'avait agréablement surpris. Il y avait au moins deux personnes pour qui il existait un peu, les deux étrangers. Rien d'étonnant à cela.

Mais de quelle nationalité pouvait bien être ce blond ? Nordique, avait-il conclu. Allemand, suédois, norvégien, un ressortissant de pays civilisés.

Ribaute le trouvait un peu vieux et bien triste pour cette gamine qui le rejoignait à des heures tardives. Il s'était mis à épier Annie à partir de vingt-trois heures et parfois jusque tard dans la nuit, voire aux premières heures de la matinée. Il aimait voir approcher sa silhouette légère rasant les murs à l'aller, une heure à laquelle il était encore possible bien qu'improbable de se faire surprendre par un villageois. Au retour, il la regardait sautiller, tranquille, insouciante, repue. Et son pas, joyeux et lascif à la fois, lui rappelait sa propre jeunesse quand il allait retrouver ces jeunes filles et ces femmes dont il avait oublié les noms, qui lui avaient appris le plaisir et la liberté, lui le petit pensionnaire des curés qui n'avait longtemps connu de l'amour que l'expérience solitaire et les écrits de Jean de la Croix.

Il lui serait facile de parler à la caissière. Il suffirait de la surprendre au retour de chez son amant. Sortir dans la rue, une poubelle à la main, et la croiser « par hasard ». Cette idée l'amuse par son ridicule. Sortir ses poubelles à deux heures du matin pour parler à une demoiselle qui pourrait être sa fille… Si ses chers collègues savaient ça, ils le ridiculiseraient à vie. Mais ici, il n'y avait pas de chers collègues. Quand finirait-il enfin par oublier tous ces gens qu'il fuyait plus encore qu'il n'avait fui le village de son enfance ?

Que dirait-il à cette jeune personne qui serait, il en était sûr, morte de peur en le découvrant sur le trottoir à cette heure noire où elle regagnait son domicile ivre d'un amour clandestin ?

Non, il faudrait lui parler dans un autre contexte. Il y avait d'autres accroches maintenant que la belle brune et la fillette blonde étaient là, chez elle. Un enfant ou un animal de compagnie sont une très bonne entrée en matière. Il attendrait le moment opportun.

Pour l'heure, il serait temps de retourner à son travail. Il a rendez-vous avec Glawe dans deux jours et il doit lui apporter une esquisse de plan à partir de laquelle travailler.

Mais il a beau rester des heures à son bureau, il a de plus en plus de mal à écrire. Il se console en se disant qu'il est sociologue, et ce que d'aucuns nommeraient dispersion d'intérêt n'est en fait qu'une forme de curiosité intellectuelle. Peut-être qu'étudier ce village est indispensable à sa recherche concernant Glawe. Mais il sait bien que c'est là un prétexte. Glawe est dans ce village comme il serait ailleurs. Sans lien aucun avec le lieu, les gens ou le paysage. Glawe ne regarde qu'en lui, derrière lui vers des horizons dépouillés, des villes détruites, des charniers, des camps d'extermination. C'est de cela seulement que traite son œuvre.

Le village, c'est son histoire à lui.

12

Il est rare que l'on passe devant la maison des Simonin au bout de cette rue étroite qui débouche sur la campagne. On s'y rend, mais on n'y passe pas. Pourtant, alors qu'il était en train de repiquer ses salades, Louis a entendu des pas sur la rue mal goudronnée qui conduit chez lui. Onze heures du matin, ce ne peut pas être Annie. Elle travaille et n'oserait jamais le rejoindre au grand jour. Annie est un papillon de nuit qui déploie ses ailes et danse juste pour lui sous la pâle clarté des étoiles.

Se redresser, jeter un œil sans se faire voir. Débusquer l'intrus qui se risque jusque-là. Au début de son séjour, ils avaient été nombreux, les villageois, à venir fureter sous ses fenêtres pour voir comment il se débrouillait avec cette baraque en ruine et ce jardin plein de ronces. Puis ils avaient cessé de venir. Il n'était plus un sujet de conversation. Plus un sujet du tout. Il savait par Annie qu'on le surnommait le Blondin, et ça l'amusait. Personne n'aurait songé à le nommer ainsi dans son autre vie. La blondeur pour identité… cela le laissait vaguement songeur. À quoi tient l'identité ? Couleur de peau, de cheveux, d'yeux… Les apparences, toujours.

Les pas se rapprochent. Deux personnes. Une légère et sautillante, un enfant sans doute. L'autre, un adulte. Pas un mot entre elles permettant de les deviner. Il se relève, s'approche du mur de pierres sèches qui ceint le jardin et d'où en se haussant sur la pointe des pieds – le jardin est en contrebas de la rue – on voit la chaussée. La grande brune et sa fille sont en promenade. Rien à craindre. Il respire, soulagé. Elles ne viennent pas le déranger ou le surprendre, elles se dirigent vers la campagne la plus proche, pas la plus belle, pense-t-il. Ce ne peut pas être Annie qui leur a conseillé cet itinéraire. Elle connaît les jolis coins et surtout elle aurait bien trop peur de dévoiler un intérêt quelconque pour l'habitant du lieu.

La petite s'arrête sans cesse. Sa mère l'attend avec une certaine impatience. La gamine s'accroupit devant une fleur qui a crevé le sol et qui s'épanouit là, comme dans les villes, le pied dans le macadam. La petite bouge ses lèvres dont aucun son ne sort. Ou du moins à cette distance, quelques mètres – trois ou quatre –, il n'entend pas ce qu'elle murmure. La femme ne la quitte pas des yeux, va vers elle, essaie de la relever, l'incite à poursuivre leur marche. Elle s'adresse à elle en italien, remarque Louis. L'enfant ne bouge pas, toute à la contemplation de la fleur prisonnière qu'elle finit par décapiter d'un geste brusque avant de se relever et de repartir vers sa mère.

La voilà qui trottine à présent, gracieuse. Elle s'arrête juste devant le mur, là où il se tient. Il se sent un peu honteux, un peu voyeur. Il salue les marcheuses. Sofia lui rend son bonjour en faisant rouler doucement le *r* final. La petite le fixe de son regard profond, étrange. Elle ne dit rien, ne sourit pas. Il se sent traversé, mis à nu. Elle reste quelques secondes sans détourner les yeux, sans ciller, impassible. Et c'est à peine s'il se rend compte qu'elle lui dit tout doucement « Tina ».

Et comme il ne réagit pas, la mère intervient :

– Elle vous dit qu'elle s'appelle Valentina. Et elle aimerait que vous lui disiez aussi votre nom.

Il hésite comme s'il cherchait, comme s'il ne pouvait pas lui confier ce prénom qu'il a donné sans problème à Annie.

– Louis, je m'appelle Louis.

Sans autre commentaire, la femme et la fille repartent vers la garrigue voisine. Et alors qu'elles avancent déjà entre les buissons la mère dit, sans se retourner :

– Bonne journée, Louis.

Et lui, stupéfait, les regarde évoluer dans cette campagne pauvre que les genêts tardifs incendient de leur jaune incandescent.

Puis il rentre dans la maison, il n'arrive jamais à penser « chez moi », plus troublé qu'il ne saurait se l'avouer.

C'est la première fois depuis son arrivée ici qu'il se sent aussi mal. Comme si par son regard étrange, profond, l'enfant l'avait dépouillé de toutes ces couches, de tous ces vernis derrière lesquels il se protégeait. Contrairement à Annie qui, au fil des mois dans la confiance de leur relation, lui avait posé de nombreuses questions sur sa vie d'avant, lui demandant le pourquoi de son installation ici dans ce village du Sud aux marges duquel il s'obstinait à vivre sans autre lien avec les habitants que celui, clandestin, qu'il entretenait avec elle, la femme et l'enfant n'avaient fait montre d'aucune indiscrétion. Et pourtant il n'avait pas éprouvé un tel malaise depuis... Il se refuse à compter.

Comme toujours, il avait trouvé refuge dans ses livres. Même ça, « trouver refuge dans les livres », était faux. Son vrai refuge, c'étaient ces mots qu'il écrivait et qu'il cachait dans un placard dérobé, une niche dans le mur qu'il s'était empressé de camoufler derrière une gravure moche trouvée dans le grenier. Il avait mis là tout ce qu'il ne s'était pas résolu à jeter. Qui peut se résoudre à tout perdre de soi pour devenir un autre ?

La nuit, lorsque Annie l'avait rejoint, il lui avait parlé de la petite et de sa mère. Et elle, la tante, avait été intarissable sur cette Valentina qui, pensait-elle, les sondait tous au plus obscur de leur cœur. Elle les obligeait à s'interroger sur eux, leurs paroles inutiles et mensongères. Son silence était une manière de révolte et de provocation. Elle en était sûre. Et Louis hochait la tête en guise d'assentiment, sans ajouter de remarque à cette véhémente diatribe qu'il n'aurait jamais osé formuler mais qu'il partageait avec une sorte d'angoisse.

Non, il ne revenait pas sur son désir de tenir le passé éloigné, bouclé derrière un mur de protection. Il n'avait pas l'intention de se laisser aller à des rêveries stériles ou des remords tardifs. Il était cet homme neuf que les villageois appelaient le Blondin, ce Louis qu'Annie serrait dans ses bras, lui faisant oublier, le temps de l'amour et de la tendresse, qu'il avait pu être un autre avant.

Il pensait à l'enfant.

Trop perturbé pour continuer à jouer les jardiniers ou même les écrivains, ce qui était pour lui plus difficile encore, il s'était étendu sur le canapé fatigué qu'il avait trouvé dans une annonce du Bon Coin et transporté non sans peine sur l'impériale de sa voiture. Lové dans le ventre creux de ce trois-places qui, comme lui, avait résisté non sans mal à une première vie dont il était ressorti passablement blessé, il s'était endormi.

Un sommeil sans repos, traversé d'images violentes avec de temps en temps l'apparition d'une enfant blonde sans visage. Il comprendrait à son réveil que ces paysages mouvementés, menaçants, de son rêve étaient en réalité les tableaux et les sculptures de Hans Glawe qui figuraient dans un catalogue d'exposition dont il avait trouvé un exemplaire chez le libraire de la ville.

L'univers de Glawe, son désespoir, sa colère lui étaient très vite devenus d'une familiarité rare. Cet artiste était la personne dont il se sentait le plus proche. À ceci près que lui ne créait rien d'original. Du moins rien de tangible. Les mots qu'il jetait sur le papier étaient voués au secret. Seul son jardin exprimait publiquement des choses de lui. Mais le jardinier n'est pas celui qui crée la rose. Il est juste celui qui l'accueille, l'abreuve et la regarde fleurir. Quant à l'enfant, même dans son cauchemar, il avait conscience qu'elle était un clone de Valentina.

13

Le factotum du peintre l'avait annoncé à la cantonade :

– Monsieur et moi, nous prenons nos quartiers d'été.

Il l'avait dit au bistrot, à la supérette et même dans la rue, à un villageois croisé sous la fenêtre des Ribaute.

Et le premier surpris avait bien été Claude, qui pensait avoir encore quelques rendez-vous avec le peintre pour préparer ce travail auquel ils devaient se consacrer dès la première semaine de septembre. Jamais Glawe n'avait évoqué un départ de Saint-Julien. La dernière fois qu'ils s'étaient vus, la semaine précédente, il n'avait fait aucune mention d'un départ prochain. Ribaute avait même proposé de lui apporter le brouillon de son texte introductif pour qu'ils puissent s'accorder au mieux sur l'angle d'étude.

Soit il quittait le village dans les jours suivants et il n'aurait rien de montrable avant. Soit il ne partait que dans quelques jours, cinq, six, une semaine peut-être, et il lui faudrait mettre les bouchées doubles, arrêter de rêvasser derrière le rideau léger de sa fenêtre ouverte, et de se faire un roman en imaginant la vie de ces gens qu'il refusait de côtoyer.

Pouvait-il appeler le maître sans tomber sur le barrage du factotum ? Il n'aimait pas beaucoup cet homme obséquieux et bavard qui usait d'un pouvoir qu'il n'avait pas vraiment. Glawe l'utilisait comme certains artistes utilisent leurs épouses, en guise de protection, afin de dire non à leur place. Pour leur permettre de garder une image de mansuétude, de compréhension, abandonnant à leurs compagnes le mauvais rôle de chien de garde.

Le mieux serait peut-être d'envoyer un message à Glawe. Juste quelques mots pour s'étonner, s'inquiéter de ce départ subit.

Le mieux du mieux aurait sans doute été de poursuivre l'écriture de la présentation du projet, mais Ribaute n'était pas du genre à bâcler les choses.

Il écrirait donc un message. Bref.

« J'ai entendu votre employé annoncer votre départ. Pouvez-vous me dire si nous avons le temps de nous voir avant pour régler encore quelques points un peu obscurs pour moi ? »

Suivait une courte formule de politesse. Pas la peine d'en faire des tonnes.

La réponse n'avait pas tardé. Il partait dans trois ou quatre jours, s'étonnait que la chose soit déjà devenue publique, acceptait de le recevoir le soir même si cela lui était possible. Il lui expliquerait ce départ impromptu.

Et Ribaute avait relu ses notes. Pas formidables. Non, il ne montrerait pas ce début de rédaction trop bref, trop incertain.

Il avait repris les trois volumes qui avaient déjà été consacrés au peintre. Un en anglais, un en allemand et un en français, signé d'un célèbre critique. À les refeuilleter,

Ribaute constatait une fois encore que c'étaient là des catalogues plus que de véritables ouvrages de référence. Leur confrontation faisait ressortir leurs nombreuses similitudes. Il était évident que l'un des auteurs avait ouvert la voie et que les deux autres avaient suivi, picorant dans le texte premier analyses et formulations. Un peu minable, avait pensé Ribaute assez perturbé par le départ prochain de Glawe et par ce rendez-vous qu'il ne pouvait pas décliner mais qui tombait mal. Il se sentait dans l'impréparation et Glawe n'était pas un tendre. Malin comme un singe, il percevrait aussitôt le malaise de son interlocuteur. À soixante ans passés, se disait Claude, en être encore à avoir peur d'un rendez-vous important comme avant une épreuve du bac est parfaitement ridicule. Mais il fallait bien en convenir : lorsque, adolescent, il était convoqué par le supérieur de son école, l'austère père Castan, il n'était pas plus tourmenté qu'il ne l'était aujourd'hui, dans l'attente d'être reçu par Hans Glawe.

L'important serait de voir jusqu'où l'artiste accepterait d'aller dans la lecture de son propre travail. Combien de peintres (de sculpteurs, d'écrivains) à qui la question est posée d'interpréter une part obscure de leur œuvre répondent : « Si j'ai peint (ou sculpté ou écrit), c'est parce que je ne savais pas, je ne pouvais pas exprimer cela autrement que par mon art. Alors ne me demandez pas de commentaire. Ce serait nier toute ma démarche. »

Et ils avaient raison, se disait Ribaute, qui se préparait pourtant à poser ce type de colle à Hans Glawe, artiste allemand de réputation mondiale qui avait déjà envoyé aux pelotes un certain nombre de journalistes, de critiques, d'éminents confrères universitaires, et qui passait aux yeux de tous pour un sauvage. Sauvage de génie, mais sauvage. Pas simple.

Oui, il allait reprendre le concept de génération innocente qu'il avait introduit dans les premières lignes de son texte. Glawe avait traversé la guerre dans un couffin ou presque. Il avait sept ans en 45. Il n'avait jamais évoqué ses souvenirs de guerre. Peut-être parce que personne ne l'avait interrogé là-dessus. Ou parce qu'il ne voulait surtout pas garder le moindre souvenir de ce temps. Mais son œuvre ne traitait que de cela, de la guerre, de la destruction, de la mort.

Ribaute, lui, avait des souvenirs qui remontaient à sa petite enfance. Souvenirs douloureux de disputes, de vaisselle cassée. De la blessure de chasse de son père l'année de ses trois ans. Il revoit encore le sang sur sa canadienne…

Il ne peut pas imaginer que Glawe, qui vivait dans le nord de l'Allemagne, non loin de Dresde, n'ait pas été terrorisé par le vacarme des avions, des bombes alliées et des missiles V2 lancés à quelques kilomètres de chez lui. Sa toile immense : *Sans titre 43*, longs sillons bruns hérissés de ceps de vigne s'élançant vers un point blanc de fuite évoque immanquablement une armée happée par la mort blanche qui irradie l'horizon. Et comment ne pas interpréter le 43 qui qualifie l'éternel *Sans titre*, dénominatif commun à toutes ses toiles, comme l'année 1943 où le petit Hans de cinq ans voyait, entendait, vivait la guerre ?

Ribaute rédige quelques notes. Il sait qu'il n'osera pas aborder le sujet ainsi. Trop frontal, trop brutal.

Il biaisera, parlera de la mémoire. Comment un artiste, peintre, plasticien, travaille-t-il avec sa mémoire ? Comment les matériaux de son art – peinture, bois, cuivre, acier – peuvent-ils se charger du poids des souvenirs pour les exprimer et les transcender ? Oui, c'est déjà mieux. C'est cela qu'il va falloir lui dire. Lui parler de la mémoire, de la manière dont il la met en scène, dont il l'incarne.

Ribaute reparcourt les images des trois livres. Il a le sentiment d'avoir trouvé le bon chemin pour pénétrer l'homme et éclairer l'œuvre.

14

Hans Glawe tourne en rond dans sa vaste demeure. Il va de son bureau à sa chambre, de sa chambre à son atelier, puis il inspecte tous les recoins de son terrain, immense et partiellement borné de murets en pierres sèches. De vrais nids de vipères, pense-t-il chaque fois qu'il s'en approche. Quand il a fini d'en faire le tour, il recommence, sombre, nerveux, exaspéré. Dans ces moments de colère, son factotum, qu'il appelle tantôt Auguste tantôt Octave, en tout cas un nom d'empereur romain, se terre dans la cuisine. Il sait que c'est temps d'orage chez son patron, il lui faut éviter éclairs, tonnerre et douche froide. Glawe n'exprime pas souvent ses sentiments mais, lorsqu'il explose, la terre tremble. Et là, il est vraiment sur le point d'exploser.

Voilà trois jours que rien ne va plus. L'autre matin, lorsque vers six heures il est sorti de sa chambre pour rejoindre son atelier, il a senti tout de suite que quelque chose avait changé. Il a regardé autour de lui, le soleil n'était pas encore bien haut et il n'a rien vu de particulier. Pourtant, il a senti qu'il y avait un problème. L'instinct, dira-t-il plus tard à Ribaute. Il a commencé à tourner autour de ses lieux sans toutefois savoir exactement ce qu'il cherchait.

L'immense toile en préparation était toujours dressée sur son châssis et fixée au mur. La grande échelle sur laquelle il accédait à la partie haute de l'œuvre demeurait à l'endroit précis où il l'avait abandonnée la veille au soir, tard, trop fatigué pour avancer davantage. Ensuite il avait inspecté les autres toiles empilées et recouvertes d'un tissu de protection trop poussiéreux pour avoir été manipulé. Non, rien n'avait bougé. Et pourtant le sentiment d'un changement, d'une perturbation plutôt, ne le quittait pas. Pire, il ne cessait de croître. Ses sculptures, véritable bataillon de totems de toutes tailles sur lesquels de petits escargots blancs, des cagarolettes, un nom régional qu'il n'arrivait vraiment pas à retenir, aimaient à se fixer, étaient envahies par les herbes hautes. En temps normal, il pensait « protégées » par les herbes hautes. Mais là, c'était le désordre qui lui sautait aux yeux.

Il aimait créer hors de son atelier, dresser ses statues dans le fouillis de la nature, les laisser mûrir au soleil, se patiner sous la pluie, blanchir sous la bave légère des minuscules gastéropodes. Il aimait la couleur du bois qui virait à la lumière, le gris presque blanc de l'ébène décoloré par la rosée. C'est cela, cette alchimie possible, qui l'avait poussé à s'installer à Saint-Julien-des-Sources, dans ce paysage à moitié sauvage que les habitants du cru semblaient ignorer, sauf en période de chasse. Ici, ses sculptures vivaient leur existence propre. C'est ainsi qu'il les avait pensées, libres, jaillissantes et modelables. Vivantes.

Au fil des ans, il avait accumulé des dizaines voire des centaines de sculptures. Certaines gigantesques, bardées de cuivre, hérissées de pointes d'acier forgé. D'autres, plus humbles, moins menaçantes, mêlant toujours divers matériaux. Du bois, du métal, du cuir ; jamais de plastique ni de papier. Glawe ne travaillait que des matières nobles, des matières que l'homme avait apprivoisées depuis des millénaires.

Parfois, lorsqu'une grande exposition lui était proposée, il allait sur son terrain, « pour faire mon marché », disait-il, et il débusquait les œuvres qui conviendraient le mieux au cadre qui lui était offert. Le galeriste, le conservateur de musée n'étaient jamais conviés à participer au choix. C'était à prendre ou à laisser. Trop heureux d'exposer l'insaisissable Glawe, ils prenaient.

Ce matin, pour le troisième jour consécutif, Glawe est reparti à la chasse. Il a trouvé dès le premier jour, non sans mal et après plusieurs heures à tout inspecter, une statue à laquelle il manquait les pièces de cuivre. Quelqu'un avait démonté le totem sans en abîmer l'aspect – la preuve, il n'y avait d'abord vu que du feu – et avait prélevé les morceaux de cuivre qui le ceignaient à trois endroits un peu à la manière dont on cercle les tonneaux. Les cerceaux de cuivre qu'employait Glawe n'avaient pas de fonction utilitaire. Le vert-de-gris qui les ternissait très vite, dès les premiers jours sous le soleil ou la pluie, participait de sa création. La dégénérescence du cuivre qui passait d'un rouge brillant profond à ce vert éteint dénonçait le vieillissement de toute chose. Un vieillissement consenti, positif. Un peu comme la pourriture noble du raisin.

À l'évidence, ce qui intéressait son visiteur indélicat, c'était non pas le travail de l'artiste mais le cuivre qu'il utilisait et qui se vendait cher sur le marché de la brocante.

Trois jours durant, Glawe avait inspecté ses œuvres à la recherche des prélèvements systématiques de métal. Tous les totems n'avaient pas été visités ou du moins tous n'avaient pas été ponctionnés. Le voleur avait choisi les pièces les plus discrètes, les plus enfouies sous les herbes, celles que l'artiste n'allait pas repérer tout de suite.

Les visites avaient dû être nombreuses car au moins cinquante sculptures avaient été ravagées. Pour desceller le cuivre, il fallait le plus souvent entailler le bois, le faire éclater, arracher d'autres pièces (cuir, acier, plomb) qui entravaient l'accès au métal désiré. Un vrai massacre.

À Ribaute qui l'avait rejoint en fin de journée, il dirait :

– Ce sont des types d'ici. Des incultes, qui ne savent même pas qu'une de mes œuvres vaut cent, mille fois plus que ces morceaux de cuivre qu'ils ont passé des nuits et des nuits à extraire. Pour eux, l'art n'existe pas. Ils sont pires que des bêtes.

Et Ribaute se demanderait en l'entendant si ce qui l'affectait le plus n'était pas la méconnaissance de son talent et non ce vol stupide et destructeur.

Abasourdi devant l'étendue du désastre, Ribaute avait renoncé à lui parler de leur travail commun. Il l'avait écouté en silence ou presque, l'interrompant à peine pour lui conseiller d'appeler la police, de faire constater les dégâts. Mais l'artiste n'en démordait pas. Il ne demanderait rien à ces imbéciles de flics français qui ne trouveraient jamais les voleurs ou pire encore les laisseraient filer – après tout, des bouts de cuivre… Ici, aux yeux de tous, il avait toujours été le boche. Et les boches, dans le coin, on ne les aimait pas. Non, il partirait, il leur laisserait ces œuvres profanées, emporterait les autres loin de ce pays d'idiots.

Puis, prenant conscience que son interlocuteur était de ce pays d'idiots, il lui avait présenté ses excuses, à sa manière.

– Je ne parle pas pour vous, cher Claude, vous le savez…

Avait-il des soupçons ? lui avait rétorqué celui-ci, sous le choc de toute cette violence.

Non, il ne soupçonnait personne ou suspectait peut-être tout le monde, sauf lui, son ami, et sauf Octave-Auguste, trop craintif et soumis. Trop bien payé surtout pour risquer le renvoi.

À la colère succédait l'amertume. Ribaute était resté longtemps pour tenter d'apaiser l'artiste qui vidait verre sur verre de cet excellent whisky hors d'âge dont il l'avait régalé lors de leur première rencontre.

Échauffé par l'alcool, la colère, le désespoir que lui inspirait l'humanité entière, Glawe retrouvait son accent allemand le plus fort. Et l'on aurait pu croire en l'entendant à l'une de ces imitations des soiffards du bistrot qui se tapaient leur mètre de jaune en se moquant de ce nazi.

15

La mutilation des statues de Hans Glawe avait fini par arriver aux oreilles d'Annie. Les chemins de la connaissance sont complexes et elle n'a jamais su qui, dans le village, avait vendu la mèche. Le vandale lui-même ? Possible. Car nul n'avait pu être averti de la chose. Ribaute, seul dans la confidence mais dont tous ignoraient qu'il partageait le secret du peintre, n'adressait la parole à personne. Au village on savait seulement que le peintre « prenait ses quartiers d'été », selon l'expression de son factotum, mais là s'arrêtait l'information officielle. Alors qui ?

Plus tard, lorsqu'elle commenterait avec Louis cet acte de vandalisme, ils s'interrogeraient ensemble sur le cheminement de ces mots : mutilation et vandalisme, qui lui étaient parvenus, écume sale sur le quotidien des conversations.

Il paraît, on dit, savez-vous que ? Tu crois que c'est vrai ? Suivaient dans un chuchotement de moins en moins discret les deux mots terribles et prédateurs. Il y avait de la joie à les prononcer. Plus parce qu'ils devaient rester un secret, une perle dans la monotonie des jours, que par leur nature criminelle.

Annie avait d'abord cru mal entendre. Les ménagères qui les premières avaient abordé le sujet l'avaient fait comme pour n'importe quel cancan qui passait de bouche à oreille pour dire la maladie de l'un, le divorce de l'autre, la grossesse d'une troisième dont le mari était bien souvent absent, l'arrivée des enfants, la première communion d'un petit-fils ou d'une petite-fille. Tout sur le même plan, ou presque. Des nouvelles qui ne commencent à exister vraiment que lorsqu'on s'en est allégé en les confiant à autrui qui les raconterait à un autre, ainsi de suite.

Mais là, on sortait du lot quotidien de la banalité villageoise. Quelqu'un avait été agressé dans son œuvre. L'acte était criminel.

Annie n'avait posé aucune question, se contentant d'être plus attentive, l'oreille aux aguets et l'air de ne pas écouter. Elle avait fait une sorte de synthèse de tous les on-dit. Il s'agissait du peintre allemand. On était rentré chez lui. On avait détruit certaines de ses statues. D'aucunes des clientes bavardes s'étaient indignées : « Ça, des statues ? Des bouts de bois hérissés de clous, oui. » Avait suivi le leitmotiv habituel : « Des machins comme ça, nous aussi, on pourrait en faire. »

Elles en étaient même arrivées à une conclusion selon elles logique : « C'est bien la preuve que ça valait pas un clou, ces totems, car “ils” ont préféré les détruire que les voler. » Imparable !

Mais qui donc étaient les « ils » en question ? Pas la moindre indication, pas la plus petite suggestion. Ces « ils » avaient eu « un sacré culot de venir saccager ces trucs chez le boche ».

« Des mecs qui en avaient », reprendraient en chœur, quelques jours plus tard, les hommes au bistrot.

Louis, lui, avait accueilli l'information entre inquiétude et tristesse. Pour la première fois depuis qu'elle le connaissait, Annie l'avait vu manifester de la colère. Ces gens étaient indignes. Vraiment des salauds. Et il avait été le premier à émettre l'hypothèse que le vandale n'était peut-être qu'un vulgaire voleur. Un type qui ignorait tout de la valeur marchande de ces œuvres et qui avait volé des bouts de métal. Il ne savait pas lequel, mais se doutait bien qu'il devait s'agir du cuivre, le plus cher sur le marché.

C'est ainsi qu'Annie avait compris que Louis connaissait le travail de Glawe. Assez pour imaginer les actes voyous que seul un imbécile pouvait commettre.

Ce soir-là, après l'amour, elle avait discrètement interrogé Louis sur l'artiste allemand. Elle le sentait moins détendu que d'habitude même si ses gestes étaient les mêmes, tendres, et qu'il fumait sa cigarette, la lumière douce de la chambre gommant presque les rides sur son visage d'homme mûr. Il ne lui avait pas répondu tout de suite. Puis sortant de son silence il lui avait dit :

– L'œuvre de Glawe est célèbre dans le monde entier. Il a exposé dans les plus grands musées. C'est une œuvre douloureuse. Ou, plutôt, qui exprime la douleur, la honte. Elle est violente pour répondre à la violence, mais elle est porteuse de salut. Elle conjure le mal, elle ne participe pas du mal. Elle est un cri.

Craignant de l'interrompre – en général il ne s'exprimait pas aussi longtemps – Annie n'osait pas le regarder. Il parlait de sa voix lente, et le léger accent – polonais, avait-il dit – qu'elle avait perçu dès le premier jour devenait plus fort, plus présent. C'était comme si sa voix n'était plus solidaire de sa personne, qu'un autre individu parlait par sa bouche. Un homme qu'Annie découvrait mais dont l'existence ne lui était pourtant pas inconnue. Elle avait toujours su que derrière le Louis qu'elle rejoignait la nuit, de plus en plus souvent désormais, se cachait un autre homme qui ne s'appelait pas Louis et qui fuyait son passé.

Un homme qui ne pouvait pas avoir été vraiment mauvais, rien en lui n'évoquait la méchanceté.

Et pour la première fois, l'autre homme, celui qui avait dû avoir des problèmes, émergeait, vite recouvert par l'autre qui caressait distraitement l'épaule nue d'Annie.

Louis s'était repris ; il l'avait embrassée tendrement et ensemble ils avaient consulté l'heure. Il avait prononcé la formule magique, celle qui les faisait retomber dans le temps ordinaire et qui était entre eux comme un mot de passe inversé : « Il est trop tard pour que tu t'attardes. »

Peu après, elle regagnait sa maison plongée dans l'ombre, plus intriguée et pensive qu'en venant. À l'aller, tout excitée, elle avançait, poussée par son désir de ce corps d'homme mûr qui l'attendait. Elle allait aussi lui raconter les actes de vandalisme. Il était le seul avec qui elle pouvait en discuter. Au retour, elle s'interrogeait sur son amant. Glawe et lui se connaissaient-ils ? Louis s'était-il installé au village parce que Glawe y habitait ?

Elle était à peu près sûre qu'ils ne s'étaient jamais rencontrés ici. Mais que savait-elle vraiment de ces deux hommes ? Elle n'avait vu le premier que derrière les vitres fumées de sa voiture ou à la télévision. L'autre avait d'abord apaisé son appétit de femme et, peu à peu, était entré dans sa vie, en douceur et en secret.

Le seul qui aurait pu l'éclairer, Ribaute, était le plus bourru du village, une vraie tête à claques qui ne saluait personne. Et à ce point de sa réflexion, arrivant devant chez ledit Ribaute, elle avait surpris sa silhouette dans la faible lumière de sa fenêtre. Il était encore en train de travailler. Elle s'était collée au mur pour ne pas attirer son attention. Mais, alors qu'elle traversait la rue pour rejoindre sa maison, elle avait tourné la tête et vu que l'homme derrière le rideau léger s'était redressé. Elle avait senti le poids d'un regard dans son dos. Sans inquiétude pour la première fois.

16

Après le départ d'Annie, Louis avait encore attendu plus d'une heure, assis dans son fauteuil, les yeux dans le vague, incapable de lire ou de regarder un de ces DVD qui avaient souvent été son refuge, son lieu de l'oubli. Puis, n'y tenant plus, il était sorti, sans fermer la porte à clef, comme il le faisait parfois la nuit, lorsque l'angoisse lui tombait dessus et qu'il avait le sentiment d'étouffer. Marcher dans le noir, rejoindre le chemin caillouteux qui serpentait dans la garrigue, celui par lequel, la veille, il avait vu s'éloigner l'Italienne et sa fille, était souvent un moyen de retrouver une forme de sérénité. De respirer sans ce poids sur le sternum qui l'écrasait et lui faisait perdre le souffle, comme dans l'enfance, lorsque victime d'un accident de bus il n'arrivait plus à remplir à fond ses poumons et que, pris de panique, il s'était laissé couler dans de longs évanouissements successifs.

Ce soir, il aurait aimé pouvoir s'évanouir comme alors pour échapper à cette paralysie des sens qui ajoutait à son malaise. Il fut un temps où, dans cette situation, il ne pouvait pas même marcher. Ce n'était plus le cas, il avait progressé. Il affrontait son mal et le combattait en fonçant vers le néant, la solitude, la nuit.

Cette nuit était sombre malgré les étoiles. La lune, petite virgule de lumière, éclairait mal, et il se sentait protégé par l'obscurité. Personne ne songerait à venir traîner ses pas dans le coin. Le village dormait dans son halo jaunâtre d'éclairage public. Au loin la masse sombre de la bâtisse du peintre l'attirait plus qu'il n'aurait pu se l'avouer. Oserait-il s'en approcher ?

Il avait hésité puis, porté par ses pas, il s'était engagé sur la voie privée qui contournait le village et conduisait chez Glawe. Il ne songeait plus à sa respiration bloquée et le poids sur l'estomac s'allégeait peu à peu. Oserait-il pénétrer dans l'enceinte du domaine que protégeait à peine un mur de pierres sèches en partie effondré ? Il avançait comme un somnambule, attiré par quelque chose qu'il n'aurait pas su nommer. Une sorte de tropisme, une aimantation, auxquelles il s'abandonnait.

Pas la moindre lumière sortant de l'ancien corps de ferme. Et pas de chien veillant sur son maître. Il n'en avait jamais aperçu chez le peintre et le silence profond dans lequel ses pas inscrivaient un craquement léger témoignait bien de l'absence animale. Seules quelques lucioles persistaient dans leur fluorescence, irradiant une lueur verte presque surnaturelle. Dans le pays de Louis, on pensait qu'elles étaient les âmes des morts qui venaient se rappeler au souvenir des vivants. Cette croyance le faisait toujours frémir. Tant de morts incendiaient sa mémoire…

Il s'était habitué à la nuit et commençait à voir assez distinctement les totems érigés, ombres dans l'ombre, semblables à des sentinelles que le temps aurait figées.

Les quelques pièces de métal qui les ornaient encore brillaient vaguement dans la nuit, et les petites taches blanches des minuscules escargots atténuaient de leur pâleur laiteuse l'aspect offensif et guerrier des œuvres. Tout était là, pensa Louis, la révolte créatrice et la douceur de la nature. Et sans trop qu'il sache pourquoi, il n'avait plus envie d'avancer, d'explorer ce lieu, de chercher des réponses à son questionnement vague et obsédant. Il se sentait solidaire de Glawe. Chacun à sa manière répondait à la violence de l'histoire. Chacun avait choisi Saint-Julien-des-Sources pour refuge, cherchant et trouvant un peu, dans l'éloignement et la campagne, un lieu où respirer.

Et voilà que Glawe avait été agressé au plus profond, dans ce travail qui était lui dans toute son intériorité, sa diversité, son désarroi. Glawe avait perdu son refuge. Il était mis à nu. On avait violé son œuvre. On l'avait violé.

Et Louis debout dans la nuit noire face à cette armée d'ombres totémiques violentées pleurait sur sa vie et sur celle de l'artiste, si éloignées et pourtant si proches. Il se sentait honteux d'assister, muet et impuissant, au saccage. Pour la première fois depuis sa retraite campagnarde, il avait le sentiment que son silence était une lâcheté.

Il avait regagné sa maison, tête basse, perdu dans ses pensées. Il n'était plus si sûr de pouvoir encore continuer à vivre ainsi, dans ce mensonge qu'était sa vie paisible au village.

Cette nuit-là, il ne s'était pas couché. Il avait écouté de la musique et il avait écrit. Quand le jour s'était levé, il avait pris sa voiture et avait filé à la ville voisine. Mais rien, pas même les livres de cette librairie qui était parfois son refuge, rien ne parvenait à retenir son attention. Il se sentait plus perdu encore qu'à Saint-Julien. Alors qu'il était assis depuis plusieurs heures à une terrasse de café devant un énième petit noir, il avait aperçu, marchant dans sa direction, l'Italienne et sa fille. La mère s'attardait devant les vitrines, et la gamine traînait un peu la patte, se tortillant d'ennui. Puis elle avait lâché la main de sa mère et avait filé à toute vitesse vers Louis. Un sourire illuminait son visage. Elle avait balbutié quelque chose d'indistinct, qu'il n'avait pas compris. Sa mère, qui avait mis quelques secondes à se rendre compte de sa disparition, s'agitait anxieuse sur le trottoir. Alors Louis s'était levé, l'invitant à le rejoindre, et du doigt lui avait désigné sa fille, qui tripotait les soucoupes vides accumulées sur la table du bistrot. Et la petite l'avait tiré par le bas du pantalon et d'un doigt dénonciateur elle avait dit très fort, montrant les soucoupes : « Une, deux, trois, quatre, cinq, six… »

Et il avait ri comme si ce comptage maladroit était la seule chose qui pouvait le tirer de sa tristesse. L'Italienne avait couru jusqu'à eux, elle avait grondé sa fille, un peu pour la forme, un peu parce qu'elle avait eu peur. Et elle avait accepté l'invitation de l'homme que la gamine couvait du regard et à qui, pour le séduire, elle s'était mise à répéter d'une voix maladroite : « Ka-fé ! Ka-fé ! »

17

De sa fenêtre, Ribaute le guetteur avait vu arriver, l'une derrière l'autre, la voiture du Blondin, un vrai tas de boue, et celle, rutilante, de l'Italienne, qui s'était garée tout près de chez lui. Il s'était étonné de cette concordance d'autant que la petite fille de l'Italienne, celle qui, selon la rumeur, ne parlait pas, avait jailli de son siège en agitant les bras en moulinet et en criant en direction du véhicule du Blondin qui s'éloignait lentement : « Au'voir ! Au'voir ! », juste avant de se mettre à pleurer en produisant des sons indistincts facilement interprétables : la gamine voulait partir avec l'homme et refusait de suivre sa mère.

Quel lien pouvait bien exister entre cette femme étrangère, sa petite fille peut-être autiste et ce type venu d'on ne sait où, qui ne faisait pas de vagues, couchait avec la caissière de la supérette et cultivait son jardin ?

Ribaute aurait aimé en savoir plus sur ce grand échalas d'une blondeur nordique – naturelle ? il n'en aurait pas donné sa main à couper – dont la discrétion, l'isolement ne ressemblaient en rien à sa propre mise à distance du village. Lui, il était du cru et il les avait tous reniés, ces péquenots, pour de vieilles querelles dont il avait hérité mais dont il n'avait jamais voulu connaître le fin mot. Eux, les villageois, avaient des arguments pour le tenir à l'écart. Et, en quelque sorte, il en profitait. Chacun y trouvait son bonheur. Lui, la solitude : ils lui fichaient la paix. Eux, un sujet de rancœur. Rien ne fédère plus un groupe humain qu'une rancune partagée.

Mais ce grand blond si discret, trop jeune pour ne pas avoir de travail, trop paisible pour être chômeur, trop vieux pour être encore étudiant, trop intentionnellement seul pour ne pas avoir quelque chose à purger, à cacher, oui, lui, que faisait-il au village ? Ribaute l'avait étudié dans la maigre mesure de ses moyens. Il ne le voyait que de son perchoir ou de son vélo lorsqu'il le croisait dans la rue.

Mais là n'aurait pas dû être son sujet de réflexion. Au boulot ! Il ne cessait de se répéter qu'il devrait écrire ce texte préparatoire sur Glawe plutôt que de se laisser distraire par les étrangers du village. Le Blondin et maintenant la femme italienne et sa fille. Mais il se sentait proche de ces gens en marge de la communauté villageoise. Du peintre, c'était évident. N'était-il pas un de ses rares interlocuteurs ? De la belle femme, c'était différent. Une femme est une femme et il aimait les femmes, sans oser le leur avouer dans la plupart des cas. Il n'avait rien d'un séducteur. L'enfant ? Elle le fascinait. Elle était sûrement celle qui était le plus proche de Glawe. Elle vivait dans son monde, enfermée et rayonnante. Lui faisait fleurir sa révolte dans de violentes œuvres d'art, elle cultivait la sienne dans un brutal silence. Et le Blondin ? Ribaute avait la conviction que cet homme cachait des liens avec Glawe. Il le soupçonnait d'avoir choisi Saint-Julien-des-Sources parce que le peintre y habitait. Il se faisait tout un roman sur de possibles et difficiles relations antérieures. L'un était allemand, l'autre pas ou du moins pas qu'on le sache. S'il avait été allemand, on l'aurait chahuté autrement au village. Ce n'est pas le Blondin qu'on l'aurait baptisé, mais le boche ou le nazi. Il n'y aurait même pas eu la barrière plus ou moins protectrice de la célébrité, et ils se seraient vraiment lâchés. Dans le fond, à leurs yeux, c'était un pékin comme eux, pas chic, se contentant d'une masure, sachant entretenir un jardin. Il n'avait rien de l'idée qu'ils se faisaient des boches, ces vaincus avec des gueules de vainqueurs.

Pourtant il ne pouvait s'ôter de l'idée qu'entre les deux hommes pouvait exister une sorte de lien.

Depuis deux jours – la dégradation des totems, l'annonce du départ de Glawe – Claude Ribaute avait le sentiment que tout lui échappait. Sans la présence du peintre, sa retraite à Saint-Julien-des-Sources perdait son sens. Il aurait pu trouver des lieux plus agréables dans lesquels il se serait senti plus libre de vivre et de travailler. Il aurait pu louer ailleurs, au bord de la mer par exemple, un appartement plus confortable avec une douche à mélangeur et non ces affreux robinets au débit capricieux qui passaient du froid au brûlant, et cette cuisine mal fichue où il n'avait pas même eu la place d'installer une machine à laver la vaisselle. En réalité les soucis domestiques ne l'intéressaient guère et ne pas avoir à y penser était pour lui synonyme de confort. Or ici tout le ramenait à eux. En contrepartie, il y avait le voisinage de Glawe, la possibilité d'une communication accrue avec l'artiste. Et voilà que tout était chamboulé.

Il n'avait pas pensé qu'au village son attention aurait pu être distraite par d'autres sujets que son travail. Mais il s'était fait piéger par son propre regard sur les marginaux, les venus d'ailleurs, dont la présence déréglait insidieusement le ronron coutumier des jours.

Il aurait aimé pouvoir parler avec Annie. Elle était, à sa place modeste, une pièce maîtresse dans la géographie nouvelle de Saint-Julien. Elle pactisait charnellement avec l'autre camp. En d'autres temps, on l'aurait peut-être tondue. Mais il ne ferait pas le premier pas. Elle n'était malgré tout pas de son bord ; elle était du côté des autochtones, de ceux qui ne l'aimaient pas, qui le considéraient comme un traître, un renégat, un snob, un prétentieux. La liste serait longue des qualificatifs peu amènes le concernant. Pourtant, à l'observer la nuit quand elle se rendait chez son amant, il la trouvait émouvante.

Il se disait : Elle désobéit aux règles des siens avec une pudeur de gamine faisant le mur pour aller rejoindre son premier flirt. Elle se méfie de tous. Elle a raison.

La tête encore ailleurs, Ribaute reprend son dossier Glawe. Il ne va rien abandonner. Il a de la matière. Et tant pis si l'artiste quitte ce village de cons. Lui, Ribaute, pourra toujours le retrouver dans un autre lieu. Ce n'est pas lui qui est en cause.

Il feuillette de moins en moins distraitement les reproductions à partir desquelles il réfléchit et compose son texte. Il s'arrête devant un tableau dont la taille modeste dans les pages d'un livre n'atténue pas la violence. Dans la réalité il fait huit mètres sur cinq. Le noir épais, le brun sombre, le rouge des traces – des pas ? des bouches ? des mains sans doigts ? – qui jalonnent la diagonale ocre d'un chemin balisé de clous et filant vers un point ensanglanté de l'horizon hurlent la douleur, la rage. L'inéluctable tracé du néant à la mort.

Dans son cahier, Ribaute note :

Chez Glawe la souffrance n'est pas personnelle, elle est tellurique. Son œuvre est traversée d'éclairs venus de loin, de temps anciens où il n'existait pas encore mais qui sont arrivés jusqu'à lui à la manière dont la foudre traverse un lieu en suivant le parcours sinueux des fils électriques, en brûlant tout sur son passage, même très loin de son impact premier. L'Allemagne continue à le brûler. Son œuvre renaît sans cesse de cet inextinguible incendie.

18

Quelque chose a changé dans la vie d'Annie. Elle ne parvient pas encore à définir les modifications qu'elle perçoit intuitivement. Pourtant c'est, pense-t-elle, comme l'arrivée du printemps. On le sent même si on ne voit pas le moindre bourgeon ou la plus petite feuille verte. On sait qu'il est là à la légèreté de l'air, à la douceur des jours qui s'allongent, même à la pluie, qui n'est plus accablante mais régénératrice, comme une bonne douche tiède. Oui, quelque chose a vraiment changé. Ribaute, par exemple, n'évite plus son regard lorsqu'ils se croisent dans la rue, le soir à la fermeture du magasin. Non pas qu'il vienne se servir à la supérette, on n'en est pas encore là, mais il lui arrive désormais de faire une courte promenade dans les rues du village, pour se dégourdir les jambes, pour s'aérer les méninges. Et sa promenade coïncide de plus en plus souvent avec la fin de journée d'Annie qui tire le rideau de fer et rentre chez elle. Désormais, elle n'est plus un fantôme pour lui, il lui a même vaguement souri l'autre soir. Un sourire des yeux, sans l'étirement des lèvres. On ne peut pas tout avoir d'un coup, s'est dit Annie. Le soir même, elle l'a répété à Louis, à qui elle raconte presque tout. Et ils ont ri ensemble de cette avancée timide de l'intellectuel vers si ce n'est une forme aboutie de courtoisie, du moins une petite ouverture aux autres.

Et puis il y a aussi Sofia et Valentina. Elles ont prolongé leur séjour d'une semaine et Annie, qui au départ ne rêvait que de les voir retourner chez elles, s'en est réjouie avec une sincérité désarmante. Finalement Sofia n'était pas une indiscrète, et Annie avait accepté l'idée que cette femme l'entende sortir tard pour rejoindre l'homme de son choix. Sofia avait compris qui était l'homme en question. Ils n'étaient pas si nombreux à pouvoir vivre ce genre de liaison ici. Les villageois allaient ailleurs consommer leurs amours clandestines, à la ville, assez loin pour rester discrets.

Un soir qu'Annie avait invité Sofia et sa fille à dîner – car elles en étaient arrivées à cette petite intimité : dîner ensemble chez Annie – Sofia avait parlé de Louis, qu'elle ne nommait pas Louis mais l'homme seul au bout du village. Alors Annie l'avait nommé, elle, ne cherchant pas à dissimuler qu'elle le connaissait assez pour savoir son prénom. Et Valentina, qui aimait se blottir sur les genoux de sa tante, avait répété avec effort et en riant aux éclats : « Wui ! Wui ! » Sofia avait alors raconté qu'ils s'étaient rencontrés à la ville et aperçus au village lors d'une promenade, et la petite avait fait une fixette sur cet homme à peine plus bavard qu'elle.

Annie n'avait pas eu envie de faire semblant d'ignorer ces choses. Elle avait sobrement dit : « Oui, je suis au courant. » Et les deux femmes en étaient restées là.

Désormais, Annie ne s'inquiétait plus du grincement de la marche indiscrète ni du claquement sec de la serrure qu'on ferme et ouvre et qui de nuit résonne comme dans un film d'épouvante. À défaut d'avoir une confidente ou une amie, elle avait quelqu'un qui connaissait son secret, qui ne se moquait pas d'elle, ne lui disait pas de se méfier, ne la jugeait pas.

Sofia n'était pas une femme chaleureuse, une de ces Italiennes qui vous entourent de mots, de gestes, de déclarations. Elle avait une sorte de retenue, de distance avec les gens et les choses. Et puis il y avait Valentina. Les silences de Valentina, les cris de Valentina, le monde de Valentina, dont elle entrouvrait parfois la porte à quelques rares élus : sa mère, Annie, Louis. Les autres, elle ne les regardait pas, ne les voyait pas. S'en servait, parfois, pour accéder à ses désirs : un objet hors de sa portée qu'elle voulait attraper, un bonbon à débarrasser de son papier très collant, un fruit à éplucher. Dans ces cas-là, elle ne s'obligeait jamais à la parole, elle prenait la main de la personne choisie et désignait l'objet de son désir. Malheur à qui ne la comprenait pas : elle lui lançait un regard de mépris d'une rare éloquence et s'en allait chercher de l'aide ailleurs.

Sofia gérait tout cela avec tranquillité. Les réactions d'autrui semblaient ne pas la gêner. On aurait dit qu'elle ne les voyait pas. Ou seulement lorsqu'elles lui étaient agréables. Elle avait aimé celles de Louis.

Annie se demandait parfois comment René, son frère, de dix ans son aîné, si fermé, si absent dans sa vie, pouvait se comporter avec une gamine comme Valentina. Elle n'avait pas osé poser la question à Sofia. Et le silence de celle-ci sur le père de sa fille, l'homme avec lequel elle vivait, la troublait.

Au travail, en revanche, rien de neuf. Les clientes continuaient à venir échanger entre les rayons de la supérette les potins ordinaires du jour, épisodes répétitifs et bavards du feuilleton de leurs vies minuscules. Les derniers événements : le pillage des œuvres de Glawe, la présence d'une étrangère, la femme du fils Dollet, et sa fille, pas vraiment normale... Lorsqu'elles parlaient de ces dernières, elles baissaient d'un ton pour que leurs commentaires n'arrivent pas jusqu'aux oreilles d'Annie. Elles l'aimaient bien, Annie, même si elle n'avait pas toujours été blanc bleu. Elle avait beau avoir retrouvé son air de sainte-nitouche, à la ville, il n'y a pas si longtemps, elle en avait fait de belles avec ce type qui l'avait sûrement plaquée ; enfin, c'était le passé et, Annie, elle leur était revenue humblement, comme la bonne fille qu'elle était malgré tout.

Et puis un jour, alors qu'elle avait quitté sa caisse pour regarnir un rayon, elle avait saisi au vol le nom Blondin dans les chuchotements chuintants de deux vieilles édentées qui stationnaient, le panier vide, devant les fruits et légumes. Mine de rien, ses cartons à la main, elle s'était approchée d'elles. Oui, elles parlaient bien de Louis. De Louis et de l'Italienne, la femme du René qui traînait devant la maison de ce type bizarre. Elles se demandaient si... Elles suggéraient que... Enfin elles imaginaient une liaison entre l'étrangère et cet homme, un Polonais, paraît-il.

– Ils auraient pu aller faire leurs saletés ailleurs, en concluait l'une.

Tandis que l'autre ajoutait, théâtrale :

– Et en plus devant la gamine qui ne peut pas parler, la pauvre. Quelle honte !

Annie était sortie du rayon qui la dissimulait en s'exclamant d'un ton trop joyeux :

– Mais qu'est-ce qui vous indigne comme ça, madame Trouvet ?

Et l'autre avait piqué un fard. Bégayant une réponse que la surprise et son absence de dentier rendaient inaudible. Et non sans une certaine cruauté, Annie, souriante, lui avait suggéré de remettre son appareil dentaire car on la comprenait vraiment mal. En outre, si son fils savait qu'elle sortait sans ses fausses dents, il se fâcherait sûrement. L'autre commère n'avait pas pipé mot et avait filé à l'autre bout du magasin, remplissant son cabas à la hâte.

Annie s'était promis de retourner au bistrot pour en savoir plus sur les racontars du patelin.

Deuxième partie

19

Depuis mon arrivée à Saint-Julien, j'ai fait ce que je sais faire, ce que mon métier de sociologue – mais est-ce vraiment un métier ? – m'a enseigné : observer les autres, voir comment fonctionnent les différentes communautés d'un groupe humain, d'un village, avec le désir fumeux de ne pas m'inclure dans l'échantillon observé. Rester neutre. Ah, ce fameux souci d'objectivité ! Cette blague. Rien de moins objectif que mon regard porté sur ces gens dont les racines voisinent les miennes, à mon corps défendant. Eux et moi vivons à distance, dans deux mondes. Et pourtant je sais qu'au commencement et à la fin de nos misérables histoires individuelles, à l'orée du village et de nos existences, nous attend dans son écrin de cyprès un même cimetière où nos morts, depuis des siècles, se mélangent.

J'aurais pu poursuivre mon récit entre humour et désespoir comme je le fais depuis cinq mois que je suis arrivé ici, avec le seul désir de me tenir à l'écart et de travailler sur l'œuvre d'un artiste que j'admire. J'aurais pu être ce guetteur implacable, assurément injuste, assurément lucide. Mais un drame est advenu, que je n'ai pas vu venir. Et tout s'en est trouvé bouleversé. J'ai laissé passer du temps avant de reprendre pied. J'ai laissé venir à moi une sorte de paix. Et si aujourd'hui je m'attelle à l'écriture de ce que l'on peut considérer comme un journal a posteriori des événements, je le fais pour comprendre, pour éclairer mes interrogations.

Je me situe en dehors de la morale, qui a des réponses à tout. C'est bien, c'est mal. C'est noir, c'est blanc. En dehors de la sociologie. Il me semble que le simple témoignage parviendra peut-être à rendre compte du trouble qui a balayé mes certitudes, à sonder la profondeur des tragédies anciennes dont un acte tardif s'est joué tout près de moi, alors que je n'en pressentais pas la gravité.

Je n'ai pas choisi de me retirer à Saint-Julien. Le hasard m'a joué un drôle de tour. Le peintre sur lequel j'étais en train de travailler, l'Allemand Hans Glawe, s'était installé dans mon village natal. Je dois le reconnaître, avec ma complicité. Glawe cherchait un lieu où fuir ces gens – galeristes, critiques, acheteurs – que sa célébrité excitait et qui ne le lâchaient plus, pour se concentrer sur son monde intérieur, son art. Il avait besoin d'une grande bâtisse et d'un grand terrain isolés. Et quand je lui ai suggéré d'acquérir cette ferme abandonnée à l'orée de Saint-Julien, où mon grand-père avait travaillé dans sa jeunesse, je n'ai pas tout de suite imaginé que je m'installerais à mon tour au village.

Ravi du lieu qu'il avait confortablement aménagé, il avait proposé de m'accueillir dans son nouveau refuge le temps de nos entretiens. J'ai décliné son invitation. Je n'aime pas dormir sous le toit d'un autre quel qu'il soit. Ce n'est pas ce que je lui ai dit. J'ai argué qu'il y avait encore une maison familiale à Saint-Julien où je pouvais me poser le temps nécessaire pour rédiger notre livre. S'il était allé s'installer ailleurs, je l'aurais sûrement rejoint pour de courts séjours dans un hôtel quelconque des environs. J'ai gardé mon pied-à-terre à Paris et des allers-retours auraient été possibles. Quoi qu'il en soit, ou qu'il en eût été, j'aurais refusé son hospitalité. Je n'aime pas la promiscuité. Le bruit de la vie d'autrui me distrait et me gêne. Et je déteste les boules Quiès, qui m'infligent l'écoute des battements de mon cœur.

Je n'ai revu Glawe que plusieurs mois après son installation à Saint-Julien. Je lui ai dit, sous forme de boutade :

– Vous vivez désormais là d'où je suis parti. Et si je reviens, c'est uniquement pour vous. Étrange, non ?

Mais il ne partageait pas cet avis :

– Vous n'êtes pas revenu pour moi mais pour vous. C'est vous qui m'avez conduit ici.

Je n'ai pas répondu à ce que j'ai pris pour de la provocation et qui m'apparaît aujourd'hui comme une vérité.

Puis il a enchaîné avec son fort accent :

– Où que je sois, j'habite mon œuvre, pas un pays. Où que je sois, j'habite l'Allemagne. Pas la géographie de l'Allemagne, son histoire.

À la veille de le rejoindre l'idée de retourner à Saint-Julien m'est devenue vraiment désagréable. Mais je ne pouvais plus reculer. Renoncer à ces rencontres fréquentes qu'il me proposait, sous prétexte que j'avais des états d'âme, eût été absurde. Le peintre avait jusque-là refusé toute approche personnelle de son travail à ceux, nombreux, qui l'avaient sollicité. Il m'avait choisi. J'avais cette chance.

Plus que les rencontres avec Glawe, qui se sont très vite avérées moins nombreuses et surtout moins riches que je ne l'imaginais – tout créateur s'exprime dans son œuvre, le reste est bavardage –, c'est le village qui m'a occupé l'esprit.

Je ne dirai pas que j'y ai reconnu des gens ; je crois n'avoir gardé aucun souvenir des personnes qui ont accompagné les premières années de ma vie. Comme si la pension où j'ai trop tôt été enfermé avait anesthésié ma mémoire. Je ne sais pas, plus, si j'ai souffert de cet arrachement géographique et humain, il me semble que tout s'est fait comme dans un rêve ou dans un cauchemar. Mon grand-père venait de mourir. Je n'avais aucune prise sur le réel. J'étais agi. Si j'avais eu des amis, des amours d'enfance, il me semble que j'aurais éprouvé quelque chose de l'ordre du déchirement. Mais rien de cela. La pension m'a avalé, modelé, recraché. J'y ai été un excellent élève. Je ne crois pas avoir eu le moindre ami ou confident. La pension est dans ma mémoire une période grise. Comme un tunnel dans lequel j'avançais sans en soupçonner le bout et cependant avec une sorte de détachement.

Mes parents étaient fiers de moi. Sans doute la glaise de leur naissance qui collait leurs pieds à un terroir ne pourrait-elle pas me retenir sur leurs terres. Ils ne voulaient pas plus d'un paysan pour fils qu'ils n'avaient eu envie de le rester. Ils avaient, croyaient-ils, de l'ambition. En ce sens, j'étais le fleuron de leur réussite. Je n'ai jamais vu dans leur projet me concernant le moindre signe d'une affection, d'une tendresse. Ils m'élevaient hors champ et ça marchait. J'étais leur réussite ainsi que pouvait l'être pour la génération précédente une belle récolte.

J'ai tenté de rendre compte du village dans un premier récit, comme une photographie un peu flou de la réalité que je découvrais ou devinais. J'ai regardé vivre les gens. J'ai imaginé ce qu'ils pouvaient penser de moi. J'ai soupçonné des histoires d'amour, flairé des rencontres, des inimitiés... J'ai reconstruit les jeux sociaux dans les lieux classiques de sociabilité : le bar, la supérette. J'ai évoqué les ravages d'une population ignare chassant l'artiste incompris. J'ai sûrement été trop dur, parfois injuste. J'ai songé à faire un genre de chronique ironique et amère du village et des villageois. Mais le réel m'a sauté au visage. J'étais coincé dans un rôle de faux témoin, qui ne pouvait accéder qu'à une part infime de réalité. Il me fallait mouiller ma chemise, descendre dans l'arène. Faire ce que je sais faire : regarder, noter, témoigner. Avancer masqué me fermait des portes, réduisait ma focale.

C'est si vrai que je n'ai pas vu arriver le bouleversement, ce coup de tonnerre qui m'a cueilli, moi le sociologue, l'observateur, me laissant abasourdi et triste. Je sais aujourd'hui qu'on n'écrit pas pour expliquer mais pour comprendre.

Je crois avoir déjà compris que la matière de cette étude que je me proposais de mener sur le peintre, sur cette violence sourde de la mémoire qui habite son œuvre, est au cœur même de ce village, dans le quotidien de quelques personnes auxquelles, de ma fenêtre, c'est-à-dire d'assez loin, je me suis attaché. Dès lors que Glawe a été agressé dans sa chair et dans son travail, il m'est apparu que je devais discuter avec l'étranger du fond du village, celui que les gens ont baptisé le Blondin et qui se fait appeler Louis.

Je l'avais longuement observé, voire surveillé. J'avais soupçonné son idylle avec la caissière. J'avais très vite compris que cet homme n'était pas ce que tout le monde croyait. Une espèce de vieux beatnik, un paumé. Un étranger qui allait devenir dérangeant et qu'il faudrait éliminer. Pour la première fois de ma vie, j'ai eu le sentiment d'une urgence. Il fallait faire vite. Entrer en contact avec cet homme que nous appellerons Louis.

20

Je ne crois pas avoir saisi tout de suite combien derrière son apparente façade de tranquillité Saint-Julien pouvait être une terre hostile et indéchiffrable pour qui n'y avait pas quelques accointances. Les gens d'ici ne m'aiment pas. Et je le leur rends bien. Mais je m'inscris dans leur histoire. Je suis celui qui est parti, celui qui « s'en croit », comme on dit dans ce pays. Le fils de, petit-fils de, etc. Je ne partage rien de leurs centres d'intérêt mais, d'une certaine manière, je parle leur langue. Cette langue intime des gestes, des manières de se comporter. Des silences. Une langue enrichie de connaissances géographiques anciennes – les noms des boutiques aujourd'hui disparues, les vieux surnoms des rues –, des querelles ancestrales, des secrets de famille. Même si je sais très peu de leurs secrets qui, en outre, ne m'intéressent pas en dehors de leur interaction sur l'histoire qui m'occupe. Je tiens mon lointain et vague savoir villageois de mon grand-père. Cette mémoire-là de l'enfance, de nos promenades, m'accompagne fidèlement. Il m'arrive encore lorsque je parcours les rues à la nuit tombée d'entendre la voix de l'aïeul me racontant ses jeunes années de petit paysan.

Je crois qu'il aurait aimé la manière dont Glawe s'inscrit et inscrit sa création dans la nature. C'est la première chose que j'ai dite au peintre lorsqu'il m'a dévoilé la série de tableaux qu'il était en train de réaliser. Les enchevêtrements de ronces, la terre éventrée, violée et indéfiniment stérile, les arbres nus tendant leurs bras tordus vers un ciel couleur de plomb, les tas de cendres étouffant toute possibilité de vie. Les traces d'incendie : bois, papiers, meubles calcinés. Parfois comme une lumière pâle, la silhouette fragile d'un coquelicot exsangue.

J'avais vu plusieurs expositions de Glawe bien avant de me retrouver dans son antre. L'accrochage dans des galeries élégantes ôtait de leur violence aux œuvres bien éclairées, débarrassées de cette poussière lourde de l'atelier, dont le galeriste ne conserve que quelques traces, une sorte de maquillage léger. On ne doit pas désespérer le visiteur possiblement acquéreur. Mais là, dans ce hangar immense bourré d'objets de récupération, d'amoncellements de tableaux – toiles, bois peints, faux marbres –, de sculptures métalliques monumentales, le tout dans la lumière grise qui tombe d'une vitre constellée de chiures de mouche, de toiles d'araignée et de taches de peinture, les œuvres apparaissaient dans leur violence brute. D'une certaine manière, elles vous sautent à la gorge.

De retour de cette première visite, j'ai longtemps tardé à écrire. J'ai dit quelques mots à Glawe. Je l'ai remercié de sa confiance. Il me regardait avec ce regard sombre, un rien amusé, lointain, avec lequel il accueille les compliments et les commentaires. Si je voulais qu'il m'en montre plus, qu'il m'en dise plus, il faudrait que je fasse des efforts. Que je sois plus inventif, plus pertinent. Bien sûr, il ne m'a rien dit de tout cela, mais je l'ai entendu dans le silence qui a suivi la visite, alors qu'installés dans son salon nous buvions un thé amer et énergétique.

Il m'observait, vaguement ironique, moi l'universitaire qui donnait des conférences, participait à des colloques, savait gloser sur toutes sortes de choses et jongler avec des concepts. Et j'étais là comme un enfant à la sortie de son premier film de guerre : sonné, silencieux, buvant à petites gorgées ce liquide bouillant dont l'amertume me déconcertait presque autant que la violence des choses vues. J'étais sans voix. Glawe n'ayant rien d'un bavard, nous sommes restés cois, lui dans son univers, moi dans mon trouble.

C'est finalement lui qui a parlé le premier. Il m'a demandé comment je voyais notre collaboration. Comment nous pourrions avancer de concert sur ce livre. Il m'a proposé de prendre quelques ouvrages dans sa bibliothèque qui m'aideraient à comprendre ce dont il était nourri.

C'était là une marque de confiance inespérée. Je ne m'en sentais pas vraiment digne. J'ai bafouillé quelques mots qu'il a fait mine de ne pas entendre ou comprendre, allez savoir. Et il m'a conduit devant ses rayonnages, ceux qui sont juste derrière son bureau, et donc accessibles à lui seul. Une manière de me dire que je pouvais franchir la barrière : passer du côté de l'intime. Pas celui des anecdotes, des récits, mais celui des nourritures spirituelles, de la poésie, de la lecture. De tout ce dont était tissée son œuvre.

21

Je me suis très vite rendu compte que, en dehors de Glawe qui abandonnait à son factotum les problèmes domestiques et les relations avec le village – relations minimales mais indispensables –, nous n'étions que deux à éviter le lieu où tout le monde se croise. Le lieu des cuites et des ragots : le bistrot.

Moi, qui ai tout de suite fait le vide : pas un regard, pas un salut, pas l'ombre d'une relation possible. Et le Blondin, alias Louis, qui néglige le Bar des Amis mais fait ses courses à la supérette. Circonstance atténuante, c'est Annie qu'il voulait approcher. Annie est une gentille fille et, si j'avais pu, j'aurais fait une exception pour elle. Je l'aurais au moins saluée. Mais il ne fallait pas créer de précédent. Alors je me suis contenté de l'observer, la petite Annie avec ses rendez-vous nocturnes, sa manière de frôler les murs pour échapper aux mauvaises langues. Plus tard, quand sa belle-sœur et la petite sont arrivées, je l'ai vue s'épanouir comme une fleur. Un homme pour ses nuits, une petite fille pour ses moments de repos, une femme de la ville avec qui parler sans craindre d'être jugée. Même si elles ont mis un certain temps à s'apprivoiser,

Annie et Sofia ont fini par se lier. Valentina a dû servir de trait d'union. Valentina et son sourire vague destiné au ciel, aux arbres mais pas à nous, Valentina et son silence, Valentina et sa petite main qui désigne tout ce qu'elle désire. La main de Valentina est bavarde. Elle parle pour elle en signes et en silence.

De ma fenêtre ouverte, rien ne m'échappe. Je vois tout. J'entends tout.

Parfois ce qui se passe à l'extérieur me captive tant que j'en oublie de me replonger dans mon travail. Du moins celui que je me suis assigné en marge de mes recherches de sociologue. Ausculter l'œuvre d'un peintre allemand. Entendre et faire entendre sa voix profonde, son cri. Traduire en mots les silences qui hurlent, ces toiles couvertes de sable, de miel, de peinture grasse, de tissus déchirés, que l'artiste a comme sculptées. Des toiles impossibles à photographier tant leur épaisseur tourmentée échappe à la vision plane de l'objectif.

Comment faire comprendre à de simples lecteurs, à des amateurs d'art épris de beauté et d'harmonie, que l'œuvre de Glawe est un absolu ? Une exigence extrême, une forme d'ascèse. Rien de gratuit dans cet amoncellement de matières, ce mélange d'objets, cette peinture labourée qui ne cherche pas à séduire mais à bouleverser, à réveiller, à ouvrir le regard comme le faisait Buñuel dans *Un chien andalou*, avec une lame de rasoir.

Depuis que je suis ici, que j'ai pu approcher les ateliers de Glawe, je me sens désarçonné, presque vaincu. Vulnérable en tout cas. L'art de Glawe m'explique le monde. Il me dit ce que les historiens, les sociologues, tous les universitaires dont j'ai lu les ouvrages sur notre temps, les guerres et leurs horreurs ne m'ont pas enseigné. Il me dit que le bien et le mal cohabitent, se mêlent en toute chose comme l'encre et l'eau.

Je suis resté longtemps assis à ma table à tourner dans ma tête toutes ces pensées, ces réflexions que je ne me résous pas à consigner dans ce qui devrait devenir un livre, mais dans cette sorte de mémo.

Ce jour-là, en sortant de chez Glawe, j'ai erré dans la campagne, laissant le soir tomber. J'ai retrouvé les chemins des promenades avec mon grand-père, les senteurs fortes du thym que l'on foule, le parfum des buis que le soleil du jour a réchauffés. C'est l'automne et au loin les lumières du village clignotent comme pâlies par la lumière déclinante. Dans le lointain, le ciel est rougeoyant. J'entends la voix de l'aïeul dans ma tête : « Ciel tout rouge, vent ou pluie. »

Coup d'œil du côté de chez Louis. Il n'a pas encore allumé ses lumières et ses vitres sont rosies par le couchant. Je passe devant sa porte. Je ralentis. Aucun son ne sort de la fenêtre close. Sa voiture est garée devant chez lui. Quand j'arrive à hauteur de son jardin, je l'aperçois immobile, debout, fixant le crépuscule. Je ne vois pas ses yeux, mais tout son corps est tourné vers l'horizon. Et moi qui ne salue personne, je ralentis mon pas et je m'entends dire : « Bonsoir. Beau coucher de soleil. »

Il ne sursaute pas. Il fait trop sombre pour que je voie s'il a l'air surpris.

Il répond simplement « Bonsoir » avec ce drôle d'accent pas directement identifiable. Il semble qu'il se prétende polonais. Je n'en jurerais pas.

Je ne bouge pas, comme happé par cette présence que l'ombre gomme de minute en minute tandis que le soir tombe, passant du rose au gris.

Je lui dis : « Vous connaissez le travail de Glawe, n'est-ce pas ? » C'est à peine une question. Je sais qu'il le connaît. Je sais qu'il est allé rôder du côté de chez le peintre. Je l'ai vu. S'était-il aperçu de ma présence ce soir-là ?

Sans le moindre trouble, il me dit après un assez long silence : « J'admire son travail. Mais je ne suis pas sûr de tout comprendre. »

Je voudrais poursuivre cette amorce de discussion, mais je ne sais plus que lui dire. J'ai perdu l'habitude de parler, de dialoguer. Et le silence qui s'installe à nouveau me chasse vers ma maison. Lui, il reste là dans le noir, avec juste le petit point lumineux d'une cigarette qu'il a allumée après m'avoir répondu.

22

En principe si je m'en tenais à ma formation universitaire, aux nombreux travaux que j'ai publiés pendant des années, à cette expérience intellectuelle qui est la mienne, je devrais laisser tomber cette tentative en partie désespérée d'écrire pour comprendre. Mon approche du réel est si éloignée de celle que je me suis efforcé d'avoir et d'enseigner que j'éprouve un malaise certain à poursuivre l'aventure.

Qu'est-ce que je cherche vraiment à prouver, à moi, aux autres, en tenant ce faux journal ? Ma chronologie des faits est une manière de refaire le chemin, étape par étape, en sachant que j'écris après le drame, et que, partant, je ne pourrai en rien l'éviter. L'ai-je vu venir ? C'est une autre histoire, qui ne m'intéresse pas. On a beau jeu de dire : je l'avais prévu, je l'avais senti, je le savais. L'essentiel de l'affaire est de n'avoir rien empêché. Par paresse, bêtise, manque d'à-propos, couardise, que sais-je ?

Il m'a semblé que le plus juste était de faire l'historique précis des événements tels que je les ai vus. Vécus en quelque sorte. Dans un village comme celui-ci, on n'est jamais très éloigné de la vérité des gens et des choses.

Encore faut-il avoir cette once de générosité ou de naïveté qui fait les héros, dit-on. Et j'en suis totalement dépourvu.

Avoir échangé même quelques mots avec Louis m'avait encouragé à tenter de le revoir. Je n'avais aucune raison valable d'aller toquer à sa porte, et j'ai mis un certain temps à tourner dans ma tête des manières « naturelles » d'établir une relation. Cet homme m'intriguait et, dans mon esprit, il était étrangement lié à Glawe. À bien y réfléchir, cette impression de proximité ne s'appuyait sur rien. En quoi me semblaient-ils proches ? Ils avaient en commun une certaine manière de se tenir à la marge dans un lieu qu'ils avaient choisi. Mais l'avaient-ils vraiment choisi ? Glawe était là par hasard, parce que je lui avais suggéré cette ferme abandonnée qui me semblait correspondre à sa quête. Et il l'avait investie. Quant à Louis personne ne savait. L'un y développait sa création, l'autre, me semblait-il, tentait d'y vivre une sorte de retraite. Tout cela ne tenait pas vraiment debout car Glawe créait ici une œuvre sans la moindre racine julienienne. Il aurait fait les mêmes sculptures, les mêmes peintures n'importe où, j'en étais convaincu, et si nous n'avions pas abordé la question ensemble, c'est parce que de mon côté comme du sien elle ne se posait pas. Il était et resterait un étranger à Saint-Julien-des-Sources. Il y avait simplement trouvé un espace, des bâtiments pouvant accueillir son travail. Une certaine forme de neutralité pour y développer son art. C'était ce qu'il cherchait, un espace vaste et vierge de souvenirs pour y convoquer ses fantômes.

Pour Louis, c'était différent. Il semblait ne rien faire de particulier. Comment avait-il choisi ce village ? Par quel moyen avait-il été en contact avec le propriétaire de cette bicoque que pas un Juliennien n'aurait habitée ? On ne lui connaissait aucune activité propre. Il faisait son jardin, aménageait son logement avec une certaine habileté, semblait-il. Le remplacement de quelques tuiles romaines anciennes sur le toit crevé témoignait d'un goût assuré pour le bricolage. D'où sortait-il son argent ? Il ne vivait pas richement, avait une voiture que les villageois qualifiaient de pourrie ou de tas de boue, mais il semblait n'exercer aucune activité lucrative. À moins qu'il ne se livrât à des travaux d'écriture mais, sans pouvoir le justifier, cela ne me semblait pas vraisemblable. À tort ou à raison, j'accorde à l'écriture des vertus apaisantes incompatibles avec la tension que je devinais en lui. Il lisait. Je l'ai parfois surpris sortant des livres de sa voiture au retour de ses virées citadines. J'ai imaginé sa bibliothèque mais sans le moindre indice me permettant de justifier le goût que je lui prêtais dans le choix des ouvrages. Au jugé. Que lisait-il vraiment ? Je l'ignore.

Hormis Annie, la seule à le connaître du moins au sens biblique – mais connaît-on jamais celles et ceux qu'on connaît ainsi ? –, il n'avait témoigné de réel intérêt qu'à Valentina.

Au bistrot, ils avaient sûrement dit que le Blondin draguait l'Italienne. La rumeur était montée jusqu'à moi. Mais je sais que c'est faux. Ce n'est pas la mère qui intéressait Louis, mais la petite fille du silence, avec ses yeux étranges et son regard insaisissable de chat ou d'idole qui ne s'arrête pas sur vous, qui vous traverse. Valentina et sa vieille âme touchaient Louis au cœur. Elle était la seule à le tirer de sa réserve, à l'animer. Pourtant, même si je lui ai parfois inventé une histoire tragique, je n'ai jamais cru qu'elle pouvait lui rappeler un enfant qu'il aurait eu et perdu, ou une petite sœur disparue. Son intérêt pour Valentina était autre. Il me semblait qu'entre elle et lui existait une certaine gémellité, une même manière douce d'éloigner tous ceux qui n'auraient jamais accès à leur monde.

J'avais le sentiment de comprendre Louis car j'éprouvais pour la petite silencieuse un intérêt semblable. Quand l'occasion m'en était donnée, je ne me lassais pas de la regarder. Sous sa blondeur gracieuse, elle m'apparaissait comme une boule de violence, de refus.

Quelques semaines avant le drame, j'avais fait un rêve étrange. Je marchais seul sur un chemin forestier. Les arbres étaient hauts et proches les uns des autres, ne laissant pas le soleil transpercer la canopée et venir éclairer le sol moussu et humide. Un silence étrange et inquiétant accompagnait mes pas. Une lumière chiche éclairait toutes choses. J'avançais quasi en aveugle. Pourtant je n'éprouvais aucune inquiétude. J'allais vers quelque chose ou vers quelqu'un, vers une vérité ou une révélation. Je cheminais vers un savoir dont j'ignorais l'essence même.

Et soudain, dans un élargissement inattendu du sentier – les arbres semblaient avoir rétracté leurs feuillages denses, libérant la lumière jusque-là captive –, je découvrais, assis en rond et se tenant la main dans une sorte de prière, Valentina, Glawe et Louis. Ils ne bougèrent pas à mon approche, ils semblaient plongés dans une méditation qui les abstrayait du monde. Je ne tentai pas de les distraire de leur recueillement. J'essayai seulement de m'asseoir près d'eux et d'entrer dans leur cercle. Mais leurs mains soudées m'interdirent toute approche. Je n'étais pas, ne serais jamais des leurs.

Je ne me souviens plus de la manière dont a pris fin le rêve. Je me suis réveillé dans une tristesse étrange, avec la certitude de ne jamais pouvoir comprendre l'art de Glawe. Je resterais toujours à la surface des choses, à la porte des vérités. Je n'étais pas digne de pénétrer le cercle très fermé des vieilles âmes.

23

Le souvenir de ce rêve m'a accompagné bien des jours. J'ai tenté d'en comprendre le sens. Que voulais-je dire que mes mots ne savaient pas exprimer ? Quel sentiment confus, brouillon, muet, avait suscité ces images ?

Aucune réponse satisfaisante ne m'est venue.

J'essayais d'avancer mon étude sur Glawe quand un appel inattendu et pressant de son factotum m'a cueilli à froid. Le peintre, que je pensais absent pour plusieurs semaines après l'agression de ses œuvres, était de retour. Et ce coup de téléphone – mais peut-être le valet en rajoutait-il sur les exigences du peintre – résonnait comme une convocation ou, pour le moins, comme une invitation urgente. Pas question de me rendre illico chez lui. Je ne suis pas du genre chien-chien qui accourt au premier coup de sifflet de son maître. J'ai botté en touche : « Je termine ce que je suis en train d'écrire et je rejoins Hans Glawe en fin de journée », lui ai-je répondu. Et j'ai raccroché avant qu'il fasse un commentaire.

La perspective de retrouver l'artiste et sa bulle ne m'a pas aidé à reprendre l'écriture sur son travail. Cela m'a plutôt perturbé. Depuis la fin de mes études, j'ai toujours été rétif à toute forme d'autorité. J'avais été soumis bien trop longtemps à l'exigence des maîtres d'abord, aux règles universitaires plus tard. J'aspirais à une forme de liberté dont je n'étais pas sûr de savoir exactement en quoi elle pouvait consister. Glawe était, lui, un homme parfaitement libre, me suis-je dit. Et Louis aussi, qui n'avait aucune contrainte apparente. Mais peut-on réduire la liberté à l'absence de contraintes ? Et d'abord comment pouvais-je savoir si Louis n'avait pas des contraintes, matérielles par exemple ? Et si créer n'était pas d'une certaine manière une contrainte ?

Cette pensée m'a ramené à mon travail sur Glawe. Et je me suis interrogé sur la relation entre contrainte et création. Les quelques ouvrages de sociologie que j'avais écrits relevaient tous d'une contrainte. Ils n'étaient en rien un jaillissement. Contrainte universitaire : ma thèse. Contrainte éditoriale : les cent vingt mille signes à ne pas dépasser, format de la collection qui accueillait mon étude sur *Les Écritures de la révolte*. Sans compter les nombreux articles de revue ou chapitres d'ouvrages collectifs qui devaient coller avec le thème général dans lequel ils s'inscriraient.

Dans le fond, travailler sur Glawe m'apparaissait comme une sorte de pas de côté, une manière plus libre d'écrire. Je ne suis ni critique d'art ni esthéticien. Mon regard est celui d'un sociologue en rupture de ban, d'un sauvage que la sauvagerie du peintre allemand sollicite et passionne. Écrire sur Glawe, c'est aussi écrire sur moi. Dire à travers son œuvre la violence qui me traverse. Nous sommes tous le fruit de notre histoire et de l'Histoire.

J'en étais là de mes réflexions, qui n'avaient hélas pas généré le moindre mot sur mon écran, lorsque j'ai entendu un pas que j'ai aussitôt reconnu, même si, m'a-t-il semblé, il était accompagné d'un autre, plus menu. Louis et la petite Valentina avançaient main dans la main vers le centre du village. Pas de trace de la mère. Je me suis penché à ma fenêtre et j'ai croisé le regard rêveur de la fillette qui s'est plantée sous mon balcon, obligeant son compagnon à en faire autant. Il m'a salué le premier, chose qu'il n'avait jamais faite jusque-là, et d'un air gauche, se dandinant un peu sur ses longues jambes maigres, il a dit avec son drôle d'accent :

– La petite a dû échapper à sa mère. Je l'ai retrouvée devant chez moi.

Valentina regardait un peu partout sans nous prêter la moindre attention. Elle avait un sourire vague au coin de la bouche et une indifférence de star.

Je ne savais pas trop que répondre. Je me suis contenté d'un « Elle a l'air plutôt ravie de son escapade ».

Il a haussé les épaules.

– Oui, mais que va dire sa mère ? Elle a dû s'inquiéter. Je la connais à peine, vous savez.

Puis ils ont repris leur marche. J'ai eu l'impression que la petite freinait un peu le pas. Je les ai regardés s'éloigner vers la place. J'ai pensé que ça allait jaser au bistrot. Ce type seul avec la gamine…

J'ai su tout de suite que Louis le Blondin allait payer cher d'avoir été choisi par cette étrange petite fille. Les jours suivants, je noterais comme une agitation dans le village. Les commères à cabas bavarderaient au coin de la place, et je les verrais de mon perchoir, imaginant sans peine les ragots qu'elles pouvaient colporter.

Peu après le passage de Louis raccompagnant Valentina j'ai aperçu la petite et sa mère allant se promener vers la campagne. La gamine trottinait, s'accroupissait devant les plantes et les petites fleurs qui narguent le macadam de nos rues mal entretenues où la campagne reprend ses droits. Iraient-elles toquer chez Louis ? Ou l'Italienne échangerait-elle seulement quelques mots, un bonjour rapide par-dessus le muret du jardin ?

Quelques heures plus tard, vers vingt heures trente, j'ai fini par rejoindre Glawe dans sa forteresse. J'ai été accueilli par les aboiements d'un énorme chien, nouveau pensionnaire de la maison, dont la présence bruyante devrait dissuader les visiteurs nocturnes indiscrets.

Dans le fond j'étais heureux de revoir Glawe. Et, semblait-il, lui aussi. Il était dans une de ses tenues de samouraï qu'il affectionne, sombre et souriant. Nous sommes passés tout de suite au whisky.

Je ne sais plus lequel de nous deux a parlé le premier de Louis. Moi, peut-être, pourtant je n'arrive pas à me souvenir dans quelles circonstances j'aurais pu l'introduire dans notre conversation. Le whisky était délicieux et j'en étais au moins à mon troisième verre quand « l'étranger de la bicoque » a fait son apparition. Pas physiquement, bien sûr. Mais dans la bouche de Glawe cela m'a semblé étrange. C'était bien la première fois qu'il faisait allusion à un personnage de ce village dont il se tenait tellement à l'écart. Je lui ai raconté la scène qui s'était déroulée tôt dans l'après-midi : Louis raccompagnant Valentina, la petite fille sans paroles qui avait échappé à la surveillance de sa mère, une Italienne.

– L'étranger de la bicoque est comme moi, il se méfie des villageois. Il a raison. Ils ne lui veulent pas du bien, a dit Glawe.

Je crois que c'est là que j'ai raconté le retour avec Valentina. Mais il ne m'a pas écouté.

– Après l'agression, j'ai passé des nuits à surveiller la maison et les sentiers. Tout ce que, de ma fenêtre la plus haute, on peut voir du village. Comme les preux chevaliers des chansons de geste ! Et j'ai vu des types qui traînaient du côté de la bicoque. Une fille, mais elle, c'est une invitée du soir. Une chérie. Elle repart toujours avant l'aube. Et surtout des drôles de mecs. Comme je ne connais personne ici à part vous et l'étranger, je ne sais pas qui ils sont. Mais je suis sûr qu'ils ne lui veulent pas du bien.

J'ai demandé :

– Il est quoi, l'étranger ? Autrichien ? Il a une gueule d'Autrichien. C'est l'idée que je m'en fais. Vous devriez lui dire de faire gaffe. On n'est pas tranquille ici. Je suis bien placé pour le dire.

Cette longue diatribe que je rapporte ici n'a pas dû être prononcée ainsi dans un français de France vaguement argotique. Ni dans cet ordre. Mais c'est le fond de ce qu'il a dit et c'est ce qui est important pour la suite. Louis est surveillé. Quant à sa nationalité, l'observation de Glawe ne me semble pas très convaincante. À quoi reconnaît-on un Autrichien quand on est allemand et qu'on n'a jamais entendu la voix de la personne concernée parlant leur langue commune ?

Plus tard dans la soirée, Glawe, qui avait bu bien plus que moi, a déliré sur la violence qui lui a été faite. Il a parlé de torture mais je ne sais plus trop s'il faisait allusion à la manière de maltraiter ses œuvres ou aux événements historiques qui les auraient inspirées ou qu'elles conjureraient.

Je suis rentré chez moi fin saoul et j'ai dormi d'un sommeil agité jusqu'à onze heures, ce qui ne m'était plus arrivé depuis des lustres.

24

Après une nuit pas très reposante – je supporte de plus en plus mal l'alcool – je suis retourné à mon bureau. Faute d'idées et avec un épouvantable mal de tête, j'ai vagabondé à travers les rayonnages de ma bibliothèque. J'y ai retrouvé un ouvrage déjà ancien de mon maître Bourdieu. Un « Libre-Échange » avec le peintre allemand Hans Haacke. Quand je me sens un peu perdu, je retourne aux fondamentaux.

J'en relis quelques pages. Les questions que Bourdieu et Haacke posent ont plus de vingt ans et, pourtant, elles m'apparaissent d'une actualité vibrante. Comment affirmer l'indépendance de l'intellectuel et de l'artiste critiques dans la défense de la liberté créatrice ?

Et à propos de Haacke et d'une exposition provocatrice et forte du passé nazi de l'Allemagne lors de son travail pour la biennale de Venise de 1993 : « Elle oblige à affronter tout ce que le passé en apparence mort et enterré annonce à propos du présent. »

Je me suis dit dans mon brouillard : Mon vieux, tu es au cœur du sujet.

Et j'ai ouvert mon ordinateur.

Ce jour-là, malgré la migraine, j'ai eu le sentiment d'avancer dans ma compréhension de l'œuvre de Glawe. Son lien avec le passé immédiat mais aussi plus reculé, avec l'âme romantique et avec une certaine foi plus lointaine encore dans la grandeur des dieux et des croyances nordiques, qui sont à l'origine de la mythologie et de la pensée germaniques. À y regarder de près, je pouvais lire tout cela dans les toiles gigantesques et torturées du peintre en quête de cette vérité qui lui permettrait enfin de comprendre et d'apaiser un peu sa colère. L'intelligence contre l'horreur, la peur ? Pouvait-il encore y croire ? Ce serait si simple si les méchants étaient bêtes et les gentils incapables de gestes insensés.

J'ai écrit quatre feuillets sans souffler.

Une petite faim et quelqu'un toquant à ma porte m'ont interrompu.

Alors que je me bricolais un sandwich dans la cuisine, j'ai entendu résonner le marteau rouillé. C'était la première fois depuis mon arrivée qu'on l'arrachait à son silence de main morte. Personne jusque-là ne s'était risqué à me déranger. Je n'étais pas le voisin chez qui on venait frapper pour lui emprunter du sel ou des allumettes. J'ai regardé la rue derrière le rideau tiré de ma chambre et j'ai aperçu Annie. Une des deux ou trois personnes à qui je pouvais ouvrir sans crainte.

Elle était là, un peu rougissante, mal à l'aise et pourtant déterminée. J'étais un ours mais je ne mordais pas. Elle n'a pas fait mine de se présenter. Elle ne jouait pas à ce jeu-là. Même si j'étais trop vieux pour l'avoir côtoyée enfant au village, nous savions l'un et l'autre à peu près tout sur nos généalogies, nos histoires de famille voire nos histoires personnelles ou du moins ce qui en était colporté.

Je lui ai proposé d'entrer, mais elle a esquivé la question.

– Vous n'auriez pas vu ma nièce, la petite Valentina ? Elle jouait dans le magasin et elle a disparu. Sa mère me l'avait confiée pour la matinée...

Elle avait l'air bouleversée.

– Non, je ne l'ai pas vue aujourd'hui. Mais elle a déjà fait une fugue. Hier même, j'ai parlé avec votre ami du bout du village qui la raccompagnait à sa mère.

– Mais là, elle ne peut pas être chez lui car il n'est pas là. Il n'y a pas sa voiture. Je suis d'abord passé chez lui.

J'ai pensé : Il l'a peut-être emmenée avec lui. Mais je n'ai rien dit. Je n'y croyais pas moi-même. En revanche qu'elle soit allée chez lui et que trouvant porte close elle ait escaladé le mur me semblait tout à fait vraisemblable. Ce petit bout de fille ne devait pas reculer devant l'obstacle.

J'ai proposé à Annie de l'accompagner jusque chez son ami et de voir si Valentina ne se cachait pas dans ce coin.

J'ai fermé ma porte à clef, ce qui a eu l'air de la surprendre.

– Je ne suis plus d'ici, vous savez, lui ai-je dit pour la faire sourire, mais elle n'avait pas le cœur à ça.

Nous sommes partis d'un même pas pressé jusque chez Louis.

Annie l'a appelée :

– Valentina ! Valentina ! Tu es là ? Montre-toi, ma chérie.

Pas de réponse. Normal, Valentina refuse de parler.

Alors j'ai escaladé le mur du jardin. Pas très haut certes mais pas si facile à franchir quand on n'a plus la souplesse requise. Et je l'ai trouvée là, accroupie dans un angle aveugle du potager, poussiéreuse et charmante, jouant avec une grande feuille verte de blette qu'elle avait cueillie et dont elle s'éventait d'une main, tandis que de l'autre elle malaxait une boule de terre comme de la pâte à modeler. Elle n'a pas bronché en m'entendant arriver près d'elle. Je n'ai pas crié tout de suite : « Elle est là ! » pour rassurer Annie, j'ai seulement savouré le spectacle de cette petite fille dans son rêve, tournant le dos au monde, sourde aux autres, et si évidemment heureuse dans ce coin de verdure.

Je me suis demandé quelle révolte pouvait être la sienne ; quelle paix elle cherchait dans le silence et la solitude.

Lorsque j'ai enfin informé Annie de la présence furtive de Valentina dans le jardin, la petite s'est juste levée, sans un regard pour moi. Puis elle m'a tendu les bras pour que je la fasse passer de l'autre côté du mur. La récréation était terminée.

Le jardin étant en contrebas de la rue, j'ai eu plus de mal encore pour escalader le mur. Valentina s'était-elle heurtée à ce problème pour repartir ? Je ne le crois pas. Elle avait l'air si bien dans ce refuge. Annie et sa nièce m'attendaient. Annie pleurait, de soulagement, je crois. Valentina, elle, se dandinait ses lambeaux de blette à la main, qu'elle déchiquetait avec une paisible obstination.

Elle n'a pas proféré un son. Et elle a suivi sa tante sans se faire prier, mais en refusant toute câlinerie.

Je les ai laissées regagner l'épicerie. Lorsqu'elles sont arrivées devant chez moi, Annie m'a remercié sobrement. Elle avait encore des larmes aux yeux.

25

Je n'avais plus la tête à retourner aux œuvres de Glawe. Le mystère de cette enfant occupait mon esprit tout entier. Il me semblait avoir perçu chez elle une révolte profonde, aussi radicale que celle du peintre. À la différence que lui en avait fait un moteur de création, et elle une forme de détournement. Elle refusait le monde tel qu'il était. Sa révolte allait bien au-delà de la colère ordinaire, des fameux caprices des enfants qui accompagnent leur refus de rentrer dans le moule, de leur désir de liberté.

Valentina, me semblait-il, vivait une rage tranquille et implacable. Elle ne donnait rien à ceux qui la sollicitaient. Et cela me fascinait.

Une seule personne semblait exercer un attrait sur elle : Louis. Qu'avait-il que n'avaient pas les autres ? Sa mère, sa tante, moi, qu'elle snobait ou se contentait d'utiliser comme elle l'avait fait en me tendant les bras. Nous étions à son service, voilà tout. Mère nourricière, tante gardienne, promeneuse, moi ascenseur occasionnel. Seul Louis semblait être une valeur refuge. Elle lui disait même quelques mots et tentait de le rejoindre toutes les fois qu'elle s'échappait.

Dans le fond n'avais-je pas eu un comportement semblable lorsque j'étais enfant ? Des images me revenaient comme des bulles affleurant à la surface de la mémoire. Hormis mon grand-père, j'avais passé mon temps à éviter les autres. Pourtant je n'arrivais pas à me dire que mes silences relevaient de cette rage que je devinais chez Valentina. Parce que j'étais moins aimé qu'elle sûrement. Je n'étouffais pas comme elle devait étouffer. Du moins, je l'imaginais ainsi. J'étais moins profond. Plus intellectuel et moins artiste.

J'ai entendu la voiture de Louis passer sous ma fenêtre. Et sans y réfléchir, par réflexe, j'ai couru le rejoindre avant qu'il ne se barricade chez lui. Qu'avais-je à lui dire ? Sur le moment, je ne me suis pas posé la question. Je voulais lui parler de Valentina, et de Glawe aussi. L'informer, l'avertir. Démarche sûrement imbécile car que lui importait mon opinion ou mes informations sur la fillette ? Quant aux rôdeurs signalés par Glawe, sans doute les avait-il remarqués.

Il n'a pas eu l'air surpris de ma venue. J'ai tendance à oublier que le téléphone portable existe et que sa belle amie avait dû s'inquiéter auprès de lui de la disparition de l'enfant et, plus tard, le rassurer.

Il avait fait des achats qu'il transportait dans de grands sacs opaques qu'il tenait à bout de bras. Nous nous sommes salués et, avant même que je lui dise quoi que ce soit, il a posé un des sacs, a ouvert sa porte et m'a invité à entrer. Je l'ai suivi sans m'interroger sur l'étrange situation dans laquelle nous allions nous trouver. Je n'avais rien de vraiment intéressant à lui apprendre. Et lui ne parlait à personne, évitait les contacts et fermait sa porte à tous.

J'étais là, planté dans sa salle de séjour, ne sachant trop comment justifier ma présence.

« Pas facile de sortir de votre jardin en escaladant le muret », ai-je dit pour rompre le silence. Il a souri et pour une fois cette tristesse qui semblait lui coller à la peau avait disparu.

Puis il m'a remercié d'avoir réussi l'escalade à l'aller, pas trop difficile, la preuve : même Valentina pouvait faire ça sans problème, mais surtout au retour. Lui, il préférait la porte et ne s'essayait plus à ce genre de gymnastique.

Il n'était que dix-huit heures mais j'ai accepté son verre de vin. Il a sorti une bouteille de blanc de ses sacs de courses et nous a servis dans des verres épais et lourds. Je ne connais pas grand-chose à la verrerie mais ils m'ont semblé d'une qualité exceptionnelle. Du cristal taillé peut-être.

Il ne s'est pas étonné de l'attirance qu'il exerçait sur Valentina. Il a parlé de la petite fille avec une infinie douceur. Il a dit : « Cette enfant crève de silence. » Et j'ai eu le sentiment qu'il parlait aussi de lui.

Nous avons évoqué le village, les gens du village. Le manque d'accueil. Les bavardages. Il savait que j'étais d'ici mais que j'étais « à part ». Que je travaillais avec le peintre Glawe, dont il prononçait le nom avec un parfait accent germanique.

Ses phrases se détachaient sur un fond de silence. Il cherchait le mot juste. L'œuvre du peintre ne lui était pas étrangère. J'ai compris malgré sa réticence visible à se livrer à travers des commentaires personnels qu'il connaissait le travail de Glawe de l'intérieur. Ses connaissances ne m'ont pas paru livresques, mais relevant d'une certaine intimité avec l'œuvre.

Il a dit :

– Glawe exprime nos cris, ce que nos mots ne savent pas dire.

Puis il s'est repris :

– Enfin les miens car, vous, vous savez. Vous avez les outils.

Nous avions terminé notre verre. Dehors, il faisait presque nuit. Je me suis levé, l'ai remercié. Et alors que j'allais sortir, j'ai dit :

– Glawe m'a informé de la présence de rôdeurs autour de chez vous. Il s'en est inquiété. Il a essuyé une telle violence qu'il reste en alerte. Pour lui, mais aussi pour vous. Vous devriez être prudent. Dans le coin on n'aime pas beaucoup les étrangers.

Louis a haussé les épaules.

– Je suis touché de l'intérêt du peintre, et du vôtre. Mais, ne vous inquiétez pas, la violence, je connais.

26

Les jours suivants ont été sans histoire. Je n'ai revu ni Annie ni Valentina. La voiture de l'Italienne était garée sur la place. J'en ai déduit qu'elles étaient encore là. Pour la première fois, je me suis étonné de la longueur de leur séjour. Et l'idée d'un différend entre l'Italienne et son mari m'a effleuré. La mère et la fille étaient peut-être venues ici pour se mettre au vert. Le père de Valentina avait-il du mal à vivre sous le même toit que son enfant ? La fillette avait-elle simplement besoin du calme de la campagne ? Cela ne me regardait pas.

Je dis ne pas avoir revu Annie, c'est en partie faux. Je l'ai aperçue qui se rendait de nuit chez son amant. Je n'ai pas veillé assez longtemps pour la voir en revenir.

Une sorte d'ennui s'était installée. La routine d'un quotidien qui m'avait étouffé à Paris et qui commençait à me rattraper ici. Mais n'était-elle pas en moi et non dans les lieux où je tentais de lui échapper ?

À défaut d'avancer dans mes écrits sur Glawe, je me suis réfugié dans la relecture. Il fallait bien m'avouer que je tournais en rond, les questions que je posais au peintre n'obtenaient jamais tout à fait les réponses que j'en espérais. Dans le fond, je préférais travailler seul. Les détails biographiques, le bavardage sur le quotidien, toutes choses agréables à vivre dans notre relation de plus en plus amicale, s'insinuaient dans mon étude et me perturbaient, brouillant l'image que je tentais de saisir. La rigueur des œuvres perdait en intensité, devenant parfois anecdotique. Savoir qu'il avait forgé telle sculpture un jour de grand froid pour se réchauffer m'apparaissait d'une trivialité coupable. Je me sentais un peu perdu et pour la première fois l'absence d'interlocuteur avec qui partager ce désarroi m'apparaissait comme un manque. Relire, donc ! Et marcher.

Après de fortes pluies, le temps s'était remis au beau, et j'avais tenté quelques sorties sur les sentiers de mon enfance. J'emportais toujours un livre avec moi et j'ai même pu lire au soleil calé entre des rochers. L'air sentait la terre et le thym ligneux de la garrigue qui pousse sur le bord des chemins. La maison de Louis gardait sa porte close et, selon les jours, sa vieille voiture était là ou non. Cependant cela n'indiquait pas s'il était présent. Il m'a semblé l'apercevoir parfois alors qu'aucun véhicule n'était devant sa porte. Je n'ai pas osé me signaler à lui pour autant. De son côté Louis n'a pas cherché à me revoir. Deux ours feignant de s'ignorer.

Un appel inquiet de Glawe a mis un terme à ce temps suspendu de mes relations humaines. Il était environ dix heures du soir quand mon portable a sonné. J'ai reconnu le numéro et pris la communication.

Le ton était un peu haletant et je me suis inquiété pour mon interlocuteur dont j'ai imaginé qu'il venait d'être à nouveau agressé. Il n'en était rien, m'a-t-il rassuré. C'était, m'a-t-il dit, chez « l'autre Allemand » ! Et je n'ai pas tout de suite saisi ce qu'il me racontait d'une voix si inquiète et d'un accent soudain si fort que j'avais du mal à le comprendre. N'était-il pas le seul Allemand du village ?

– Des types rôdent autour de chez l'autre Allemand. Ils sont trois. Ils ont une sorte de caméra. Ils sont d'abord venus jusque chez moi. Et le chien les a effrayés.

J'ai essayé de le calmer. D'en rire.

– Une caméra, ce n'est pas si dangereux ! C'est moins pire qu'une kalachnikov.

Mais il n'était pas d'humeur à la plaisanterie. Son inquiétude était palpable.

– Vous vous sentez menacé ? ai-je risqué.

– Mais non, pas moi, l'autre Allemand. Je crois qu'il risque gros.

Dépité par sa réponse – avait-il bu trop de whisky ? – je lui ai demandé si les fameux types rôdaient toujours dans le coin.

– Je ne les vois plus d'ici, mais ça ne veut rien dire.

J'ai proposé d'aller le rejoindre. Il a refusé. Trop dangereux.

J'ai demandé :

– C'est devant chez le Polonais autrichien, enfin devant chez Louis, qu'ils sont ?

– Ne soyez pas naïf, il ne s'appelle pas plus Louis que moi Jean et il n'est ni polonais ni autrichien, mais allemand. Il vaut mieux que vous le sachiez et que vous le gardiez pour vous. Je n'entends plus le chien. Ils ont dû filer. Comme les autres fois. Mais la menace se confirme.

Il a raccroché sans me laisser le temps de réagir. Je suis sorti dans la rue et j'ai fait quelques pas en direction de chez Louis. Plus personne ne semblait traîner dans les parages. Sa voiture n'était pas là. Lui, je ne sais pas. Peut-être se méfiait-il des visites nocturnes. Comment savoir si sa voiture était cachée ailleurs ? J'ai commencé à me faire tout un cinéma sur sa situation. D'où Glawe tenait-il ces renseignements bizarres qu'il m'avait livrés comme on se débarrasse d'un colis trop lourd. Et pourquoi m'avait-il dit l'autre jour que Louis était autrichien ? Il en disait trop et pas assez.

Cette nuit-là, j'ai vraiment eu du mal à dormir. Je suis resté longtemps assis à mon bureau devant la fenêtre ouverte. Mais je n'ai vu personne.

Quand j'ai fini par gagner mon lit, dans le brouillard de l'endormissement, j'ai cru entendre des pas martelant le silence des premières heures du jour. Trois heures à mon réveil. J'ai tardé à m'extraire des draps et quand j'ai pu regarder à travers le volet il m'a semblé voir une silhouette tourner au coin de la place. Du côté de chez Louis rien ne bougeait. J'ai renoncé à poursuivre ma garde. J'étais trop fatigué pour jouer encore les sentinelles.

27

Même si ma curiosité était à vif, je n'ai pas osé appeler Glawe pour qu'il m'en dise plus sur « l'autre Allemand ». Mais il m'a semblé important d'informer Annie des événements de la nuit.

J'ai failli à mes bonnes résolutions de ne jamais mettre les pieds à la supérette. J'ai attendu sept heures moins cinq du soir, juste avant la fermeture, pour m'y rendre, espérant ne croiser personne. À cette heure-là les pies du village devaient être devant la télé. Mon intuition s'est révélée juste : il n'y avait plus qu'Annie dans le magasin.

Je passe sur l'étonnement inquiet que j'ai lu sur son visage. A-t-elle cru que j'allais lui annoncer une catastrophe ? Je l'ignore. Je ne lui ai pas laissé le temps de gamberger sur les raisons de mon irruption tardive. Je n'ai pas pris le moindre prétexte – du lait, du sel ou que sais-je ? qui manquerait pour mon dîner. Droit au but :

– Cette nuit, il semble que des types soient venus rôder autour de chez Louis. Je ne les ai pas vus, mais Hans Glawe s'en est inquiété et m'a appelé. L'un d'eux portait une caméra ou un appareil photo de type professionnel.

Elle n'a rien répondu, juste fait un petit geste de la main pour me demander d'attendre. Elle est allée fermer le rideau métallique qui protège la vitrine. Nous allions pouvoir parler.

Je lui ai dit ce que m'avait dit le peintre : Louis serait allemand. Je n'ai pas osé être plus affirmatif. J'ai ajouté que, toujours selon Glawe, il serait en danger.

Pendant que je lui racontais l'appel de l'artiste, sa voix inquiète, ses certitudes sur Louis, elle a évité de me regarder. Ses yeux erraient sur le sol que les clients avaient sali de leurs semelles embourbées, comme si la vérité de la situation allait lui apparaître là, sur ce carrelage clair de mauvaise qualité souillé par des piétinements de bouseux.

Le silence s'est installé entre nous, que troublait à peine le grésillement des congélateurs en marche. Je n'ai rien fait pour l'interrompre. Le silence ne m'a jamais fait peur. Et je sais que celui qui sait le tenir fait toujours craquer l'autre, interlocuteur effrayé par l'absence de mots. Annie a tenu assez longtemps. Une vraie taiseuse dans son genre. Une habituée du silence, me suis-je dit. Mais c'est elle qui a fini par parler.

Elle m'a d'abord remercié de ma démarche. Puis elle a parlé de Louis. Du peu qu'elle savait de lui. Il disait être polonais, mais il n'était pas impossible que ce soit un mensonge. Dans sa bibliothèque il n'y avait aucun livre en polonais. Mais des textes en anglais, en allemand, en français. Beaucoup en allemand. De la philosophie surtout. Elle ne parlait pas cette langue mais, les noms des auteurs, elle les avait entendus ou vaguement étudiés au lycée… Friedrich Nietzsche, Herbert Marcuse, Sigmund Freud, Karl Marx, Max Stirner.

Elle récitait sa liste comme une bonne élève réciterait un poème.

– Louis est un homme bon, j'en suis sûre. Quelles que soient les choses qu'il ait pu faire dans le passé. J'imagine que s'il a changé de nom et de nationalité, c'est parce qu'il veut se faire oublier…

Elle avait les larmes aux yeux. Et je me sentais ému devant son émotion.

J'ai tenté un « Comment l'aider ? ».

Mais elle n'en avait pas la moindre idée et moi non plus.

J'ai quitté la supérette vers dix-neuf heures trente assez troublé.

Vers onze heures du soir j'ai vu Annie, rasant les murs, se rendre chez Louis. Il ne devait pas être là, elle a rebroussé chemin, ombre furtive dans la rue déserte. En passant sous ma fenêtre, malgré la lumière allumée, elle n'a pas marqué d'arrêt.

Le lendemain, je suis retourné à mon travail sur Glawe sans vraiment pouvoir me concentrer sur la relecture des pages que j'avais déjà écrites. Mon esprit s'envolait à chaque mot et je ne parvenais pas à voir les liens logiques entre les phrases. Seule l'idée d'un danger, d'une violence sourde, retenait mon attention.

Qu'avait bien pu faire cet homme venu se terrer dans ce village ? Où disparaissait-il lorsqu'il partait pour un ou plusieurs jours sans même en avertir Annie ? Y avait-il un lien entre sa présence et celle de Glawe ? Le peintre était arrivé le premier. Je ne pouvais pas imaginer qu'il y ait un lien réel entre leurs installations respectives dans un même périmètre. Glawe était né en 1938, dans une Allemagne qui n'en finirait pas de sortir de la guerre, du nazisme, de sa peur, de ses mensonges. Bien avant l'arrivée de Hitler, une pensée nazie avait bourgeonné dans le pays. Hitler avait été celui qui l'avait fait croître et déborder. Comment pouvait-on être un adolescent dans un pays vaincu où, malgré la défaite, les acteurs de l'horreur, les sans-grade, ceux qui avaient obéi sans ciller, étaient redevenus les braves gens dociles de toujours ?

Louis était plus jeune, dix à quinze ans de moins. Malgré les stigmates d'une vie difficile – visage ridé, dos voûté – il n'était pas le vieil homme que j'avais cru d'abord. Plus tard, il m'a semblé moins vieux, mais usé. Lorsqu'il m'arrivait de le croiser ces derniers temps, je le trouvais plus frais, l'œil plus vif. La vie au village lui convenait. Annie lui faisait du bien.

La pensée de Louis m'éloignait de mon travail sur Glawe mais, d'une certaine manière, elle me rapprochait de son œuvre. Entre la retraite menacée de Louis et la violence des tableaux, sculptures et installations de l'artiste, il me semblait percevoir un lien. Si Glawe s'inquiétait du sort de cet homme, c'est qu'il y avait là un vrai problème. D'ordinaire, Glawe cultivait l'indifférence avec naturel. Comme disait mon grand-père : il se foutait du tiers comme du quart. Focalisé sur son art, protégé par son factotum, auréolé de sa gloire, il développait une forme d'autosuffisance et d'égoïsme indispensable à sa création. Il n'y avait pas d'autre place vacante dans sa vie. Ni femme, ni enfant, ni ami véritable. Juste un corps-à-corps avec la matière pour expulser l'horreur qui l'habitait. Une horreur qu'il avait reçue en héritage comme tous les gens de sa « génération innocente », et qu'il crachait à la face du monde.

Alors pourquoi cette soudaine sollicitude, cette inquiétude pour un voisin de hasard ?

Une œuvre récente de Glawe dont, lors de notre premier rendez-vous, il m'avait donné le titre sans s'y attarder m'est alors revenue à l'esprit : *Mémoire d'Ulrike*. Ulrike est un prénom féminin allemand assez courant et je n'ai pas cherché à savoir s'il s'agissait de quelqu'un en particulier. Une femme aimée, une sœur, la dernière amante de Goethe... Il devait s'agir d'un tableau plus nostalgique et doux que les autres.

J'ai repris mes notes. *En souvenir d'Ulrike M.* était le titre exact. Et soudain une petite lumière s'est allumée. Ulrike Meinhof ! La célèbre combattante de la Fraction armée rouge incarcérée en 1972 et suicidée quatre ans plus tard. Ulrike M. qui a inspiré dramaturges et romanciers.

Tout un pan de l'histoire allemande des années 1960-1970 m'est revenu en mémoire. La bande à Baader, les attentats, la lutte armée. Cela concernait bien sûr le peintre. Il avait trente-deux ans en 1970. Mais Louis, lui, ne devait pas en avoir plus de quatorze ou quinze. Absurde. J'ai commencé à faire une courte recherche sur internet. Il semblait qu'un petit groupe se revendiquant de la Fraction armée rouge ait été actif jusqu'en 1998. Et là, l'idée que Louis ait été l'un d'eux devenait crédible. Pourtant, je n'arrivais pas à imaginer cet homme au regard si doux se livrant à des attentats meurtriers. Pas plus que je ne l'imaginais ayant pu faire des entraînements militaires en Palestine ou en Libye comme les membres tardifs de ce groupe dont l'une des figures emblématiques n'est autre que le fameux Carlos. Impossible de mettre mentalement ces deux-là – Louis et Carlos – sur la même photographie.

L'idée m'a même fait sourire : oui, absurde !

Mais aurais-je pu penser en commençant mon travail sur Glawe qu'il puisse rendre une forme d'hommage à Ulrike Meinhof ? Glawe n'est pas un terroriste, ne l'a jamais été.

Tout cela a fini par s'embrouiller dans ma tête. Il était temps de m'aérer. J'ai pris ma voiture et j'ai filé à la ville voisine. Je suis passé acheter la presse et je me suis installé au Grand Café devant une bière blanche.

Sait-on jamais pourquoi, soudain, on lève le nez de son livre ou de sa page de journal ? J'ai eu le sentiment qu'un regard intense m'avait tiré de ma lecture. C'était sûrement le cas. Deux hommes quittaient ensemble le bar. L'un d'eux, je l'aurais juré, était un journaliste de *Libé* qui m'avait interviewé jadis à propos de l'un de mes livres. L'autre : Louis, avec ses cheveux trop longs, sa veste fatiguée et son éternel jean gris.

28

La tentation était grande de les suivre, mais je suis incapable de ce genre de pratique. J'ai juste essayé de repérer la direction qu'ils prenaient. Hélas, ma place dans le café ne me permettait pas de voir bien loin et je les ai perdus de vue très vite. J'ai renoncé à jouer les espions. En rentrant chez moi, j'ai cherché sur Google le nom du journaliste de *Libé*, que j'ai fini par retrouver : Jacques Menton. Plusieurs photos de lui apparaissaient. Il était plus vieux et ridé que dans mes souvenirs, déjà anciens, mais parfaitement identifiable. C'était bien le type que j'avais vu sortir du bistrot en compagnie de Louis. J'ai lu son Wikipédia. Il avait quitté la presse écrite et travaillait désormais pour la télévision. Il était l'auteur de divers documentaires. Tous traitaient de l'histoire contemporaine. L'Angleterre de Thatcher, la « transition démocratique » espagnole, l'amnésie de la gauche italienne. Les guillemets encadrant transition démocratique étaient éloquents. Il avait changé de média, pas de pensée. Rassurant.

Était-ce lui qui était passé de nuit avec une caméra pour surprendre Louis ? Cette hypothèse ne tenait pas debout. À quoi bon le surprendre de nuit alors qu'ils partageaient paisiblement un café au grand jour et repartaient ensemble ? Il m'avait semblé en les voyant s'éloigner de dos qu'il y avait entre eux une forme d'entente, voire de complicité. Ils marchaient d'un même pas dans une même direction. Retrouvailles de vieux copains ? S'étaient-ils séparés très vite ensuite ? Je ne le saurais jamais.

En rentrant chez moi, j'ai poussé jusque chez Louis. Il n'avait pas encore fermé ses volets et sa fenêtre était éclairée. J'ai rebroussé chemin. Louis avait peut-être connu Menton sur un tournage ou lors d'une de ses enquêtes. J'ai fini par trouver apaisante l'idée qu'il ait un copain, quelqu'un susceptible de l'aider s'il se faisait agresser.

Le lendemain, je suis retourné à mes chères études. Depuis l'étrange appel de Glawe, je n'avais pas eu de contact avec lui. Nous ne partagions pas une intimité telle que son silence pût me troubler ou m'inquiéter. Il était, m'avait-il averti, dans une période de « création féroce », comme si le saccage imbécile de ses sculptures avait réveillé en lui une nouvelle révolte. L'incompréhension, la stupidité de ces voleurs nocturnes attisaient sa rage. Il ne leur répondrait pas avec des mots mais avec des images, des formes, des couleurs, des barbelés déchirant les surfaces tourmentées et blafardes d'une campagne moribonde. Le sol stérilisé par les désastres de la guerre recrachant du fer, des lambeaux de bois, de plomb… Même si sa palette n'avait rien de comparable à celle de Goya, je sentais chez lui le même désir de vomir l'histoire dont il était issu.

Si banale fût-elle, cette dernière phrase que je venais juste de taper sur mon ordinateur a soudain résonné en moi d'une étrange manière. N'étions-nous pas tous nés d'une histoire majuscule ou personnelle, voire les deux, qu'il nous fallait identifier pour exister pleinement, et recracher pour pouvoir avancer, échapper aux pièges des appartenances ? Il m'a semblé que c'était aussi la démarche de Louis. Il tentait d'échapper ici, dans ce lieu neutre, aux pièges de sa vie antérieure. Mais je ne savais rien de cette vie en Allemagne. Car j'étais sûr que Glawe n'avait pas inventé l'identité allemande de son presque voisin. Quelle Allemagne avait été la sienne ? Quelle Allemagne lui avait glacé le cœur ?

Une fois encore je m'étais évadé de mon travail. J'avais de plus en plus de mal à rester concentré. Tout était prétexte à me détourner de mon ordinateur. J'ai entendu parler sous ma fenêtre. Au point où j'en étais, autant faire une pause. La voix de femme était douce et la langue chantante, italienne. Valentina et sa mère partaient en promenade. L'envie de me signaler à elle était forte. Mais je n'aurais pas osé si la petite fille n'avait pas pointé son museau vers ma fenêtre, me désignant d'un doigt et tirant la main de sa mère de l'autre. La petite n'a rien dit, elle souriait, puis, tendant ses deux bras vers sa mère, elle s'est hissée, l'obligeant à s'arrêter juste sous mon balcon.

– Valentina sait ce qu'elle veut, a dit la maman avec son accent joliment liquide.

Puis à sa fille :

– Tu veux voir le monsieur mais il faut d'abord que tu lui dises bonjour.

Ses *r* roulaient comme des galets sous la vague. Et Valentina, qui avait décidé de rester là, a obtempéré. Elle a dit sur un ton joyeux :

– Coucou !

Devant mon étonnement sa mère a ajouté :

– Vous lui plaisez. Peu de gens ont la chance d'entendre sa jolie voix.

Je crois que j'ai rougi. La mère a ri, joyeuse, un rien aguicheuse.

– Nous allons chez Louis. Valentina adore Louis. Ils ne parlent pas plus l'un que l'autre mais ils ont une sorte de lien mystérieux.

Puis, dans un éclat de rire :

– Vous êtes le deuxième homme de sa vie.

Et comme si elle m'entendait penser, elle a dit :

– Il y a bien sûr son papa mais, entre eux deux, c'est un peu compliqué. Valentina choisit seule les hommes de sa vie.

La conversation s'épuisait. Je n'avais rien à ajouter. Les enfants et moi n'avons en général que peu de rapports. J'étais flatté que cette gamine étrange m'ait choisi, mais par manque de pratique je n'avais rien à lui dire. Devant ce qu'elle avait dû identifier comme de la gêne, l'Italienne avait repris la marche. Mais la gamine n'était pas prête à me quitter ainsi. Furieuse que le deuxième homme de sa vie se montre si peu sensible à son charme, elle s'est assise par terre, le pouce dans la bouche, comme si plus personne n'existait, ignorant les appels de sa mère qui avait déjà avancé de quelques mètres, la laissant seule au milieu de cette rue par chance peu fréquentée.

Au deuxième appel, plus pressant, elle s'est mise à hurler sur un ton très aigu et à se rouler par terre. Elle gigotait comme une forcenée, rouge de colère, continuant à s'égosiller sans qu'aucun son soit identifiable. Elle criait de ce cri profond qui est pure rage.

Je ne bougeais pas, fasciné par la colère de cette enfant qui sans le moindre mot nous signifiait son désarroi, son incompréhension.

Qu'aurait-elle fait avec des mots, des phrases ? Qu'aurait-elle fait avec des objets ? Mais là, au milieu de la rue sur l'asphalte fatigué et les gravillons qui s'incrustaient dans sa peau, sans la médiation du langage, elle hurlait son désespoir, sa rancune à l'égard de ces adultes – sa mère et moi – qui refusaient d'entrer dans son monde de désir brutal et d'angoisse.

Sa mère l'avait rejointe. D'abord, elle l'avait grondée sans parvenir à la calmer, puis elle lui avait parlé doucement, dans son italien chantant.

Valentina, toujours couchée, avait alors cessé de s'agiter. De ma fenêtre je voyais qu'elle n'avait pas versé la moindre larme, juste le corps en furie, les cris. Elles avaient fini par repartir. Ni l'une ni l'autre ne semblait se souvenir de ma présence. Et je suis resté là, figé, bouleversé par cette violence qui avait traversé le corps de l'enfant. Une violence sauvage, brute, sans rien pour la canaliser.

Cette dernière remarque m'a poussé à regagner mon bureau. J'ai repris mon étude où je l'avais abandonnée. J'ai noté : l'art comme moyen de canaliser la violence que la langue ne peut exprimer. Rien de bien neuf. Pourtant, j'ai eu le sentiment d'avancer.

29

Dans le tunnel des jours, il est des dimanches de la vie. Encore faudrait-il les recevoir ainsi lorsque nous avons la chance de pouvoir les vivre. Je suis de ceux qui n'apprécient les petits et grands bonheurs de l'existence que lorsqu'ils se sont enfuis et que la distance entre eux et moi me permet d'en apprécier la qualité. Le présent m'est un temps difficile à conjuguer.

Ainsi, les semaines qui suivirent me semblent aujourd'hui comme un moment privilégié, une sorte de pause harmonieuse et douce, un calme d'avant la tempête. J'ignorais alors, ou voulais ignorer, que la tempête approchait.

J'ai avancé dans mon travail d'écriture sans trop céder aux sollicitations de mes rêveries. J'ai revu Glawe mais à aucun moment je n'ai eu la tentation de l'interroger sur un autre sujet que celui qui nous réunissait. Il m'a parlé comme jamais des influences profondes qui accompagnaient ou suscitaient sa création. Nous avons passé de longs moments à évoquer ensemble les romantiques allemands, leur manière d'avancer au bord du gouffre et de ne devoir leur fragile équilibre qu'à leur quête désespérée de la beauté. J'ai parlé des troublantes nouvelles de E. T. A. Hoffmann, dont nous partagions la lecture avec enthousiasme.

Sous ses dehors râpeux, Glawe est un homme délicat, grand amateur de poésie. La littérature est son jardin secret et il m'en entrouvrait la porte avec une générosité qui me bouleversait.

Il m'en disait plus sur son œuvre en évoquant ses poètes favoris qu'en me parlant de matière, de technique ou de projet. Pour un créateur, je le répète, tout commentaire est superflu. On écrit, on peint, on fait de la musique parce que la parole ne peut pas exprimer ce que l'on porte en soi. On hurle, comme Valentina, pour des raisons semblables.

J'ai pêché dans ma bibliothèque les livres que nous avions évoqués et j'ai repris la lecture de ces écrivains allemands ou français – Rimbaud et Char comptaient aussi parmi ses maîtres – dans lesquels il puisait l'énergie de son geste d'artiste.

À cette même courte période, j'avais revu Louis, avec lequel j'avais conversé brièvement. Il me semblait plus serein, moins sombre, plus déterminé, comme si quelque chose en lui avait cédé. C'est lui qui m'avait abordé le premier pour me parler de Valentina. Annie ou l'Italienne lui avaient-elles raconté la scène de la petite fille sous ma fenêtre ? Il avait éprouvé le besoin de m'en dire plus sur cette étrange gamine qu'il semblait comprendre plus que connaître mais avec laquelle il se sentait de plain-pied.

J'étais si surpris par les informations qu'il me communiquait sur elle et par la passion qu'il mettait à raconter la douleur et la violence de son silence qu'en rentrant chez moi j'ai éprouvé le besoin de noter quelques-unes de ses remarques. Il parlait de la petite fille comme si ce manque d'expression, de communication de l'enfant était ou avait été le sien. À aucun moment il n'a essayé d'expliquer les causes de son silence, de cette fureur qui animait son corps traversé de rage, possédé. « Elle n'exprime pas la colère, elle est la colère », m'a-t-il dit. Et à cet instant précis, j'aurais pu dire que lui aussi était pure colère et qu'entre eux le langage était superflu.

Le court texte qui suit, restitué de mémoire, ne rend compte que partiellement de son propos mais il en dit, je crois, la tonalité. Il s'était mis à dire « je » pour parler d'elle et ce « je » rebelle, désespéré, était, m'a-t-il semblé, aussi – surtout ? – le sien.

« *Ils ont tous des mots plein la bouche, des mots pour tout dire. Des gros mots, des mots tendres, des mots pour gronder, des mots pour pleurer, pour consoler, pour définir, pour se taire, pour… Tout ce temps passé à les entendre se dire, me dire, se maudire. S'aimer, très peu. M'aimer, beaucoup, beaucoup trop. M'aimer et pleurer. M'aimer et avoir peur, m'aimer et ne plus en pouvoir. M'aimer et courir aux urgences pour tout et pour n'importe quoi. Et toujours ces mots qui accompagnent toute chose : vouloir le meilleur pour moi. Vouloir mon bien. Vouloir ma santé. Vouloir que je sois une poupée obéissante. Un petit tube digestif qui fonctionne. Un petit animal dans la norme de la courbe de poids, de la courbe de croissance. Avec des dents, importantes les dents, qu'on compte comme les grains du chapelet de l'arrière-grand-mère, et qui doivent sortir à la bonne heure, comme le muguet en mai. Ni trop tôt ni trop tard.*

« M'aimer, oui, toujours. Un amour comme les mots, qui mange tout, dévore tout. Un amour qui avale mon oxygène. Des mots qui saturent mon espace vital. Me protéger des mots et de l'amour. Survivre sur ma petite planète, mon mini-territoire envahi, menacé.

« J'ai appris à devenir sourde aux autres, sourde à leurs mots, à leurs cris, à leurs larmes, à leurs exhortations, à leurs menaces, à leurs promesses.

« Circulez, il n'y a rien à voir, rien à entendre. J'ai décidé que vous n'étiez pas là, plus là. Je suis seule au monde dans une bulle transparente. Inatteignable. »

Je me suis demandé quel amour étouffant avait pu susciter chez Louis une telle diatribe. Quel mensonge l'avait conduit à se sentir à vif comme cette petite fille dont il comprenait, épousait, racontait, inventait, peut-être, la révolte. Comment avait-il fini par se décharger de cette fureur pour devenir cet homme vieillissant réfugié dans une bicoque perdue à l'orée d'un village où on le considérait à peine mieux qu'un clochard ?

Avant de me quitter, il m'avait appris que Valentina était partie avec sa mère. Elles étaient reparties chez elles. Les vacances étaient finies.

Je ne pouvais pas croire qu'il y eût un lien entre le départ de l'enfant et cette sorte d'apaisement que je percevais dans son comportement. De quoi l'avait-elle libéré ?

Durant cette courte période d'accalmie, j'ai revu Louis à plusieurs reprises. Jamais il n'a été aussi disert que ce jour où il m'a expliqué Valentina. Lors de nos autres rencontres – dans la rue, sous ma fenêtre, lui dans son jardin et moi partant marcher dans la nature – nous avons échangé quelques mots sur la météo, le plaisir de la marche, et une fois seulement, parce que je me rendais chez Glawe à bicyclette, sur le peintre qui avait aménagé un nouveau hangar tout en hauteur pour accueillir une œuvre pour sûr gigantesque. Ce jour-là, j'ai osé lui demander s'il avait connu Glawe longtemps auparavant, lors de ses débuts, en Allemagne. Louis m'a regardé droit dans les yeux.

– Oui, en Allemagne. Dans cette partie de l'Allemagne qui était jadis la Pologne… Avec ces frontières mouvantes, on ne sait plus où l'on habite.

La géographie n'est-elle pas l'autre visage de l'Histoire ?

30

Nous allions basculer dans l'hiver et je ne m'en étais pas aperçu, comme si rien ne venait scander le passage du temps. Certes, il y avait eu de courtes vendanges. Il reste encore quelques vignes dans les environs. Plus beaucoup. Les vins d'ici n'ont pas de corps et, au regard de la concurrence, pas d'avenir commercial. L'Europe a payé les paysans pour arracher les ceps. Là où jadis, du temps de mon enfance, s'étendaient des vignes à perte de vue poussent désormais des céréales, du colza, de somptueux tournesols qui, lorsqu'ils perdent leur éclat et leur couleur, composent un paysage de pure désolation. Les champs noircis ressemblent à des terres brûlées. Glawe les adore à ce stade de leur évolution. Je le cite :

« *Ils sont à l'image des splendeurs inventées par les hommes – châteaux monuments que le temps érode et qui s'abîment dans la vieillesse et dans la mort. On pourrait les croire éternels tant leurs ors sont pure incandescence. Cependant, de cette flambée ne reste pas même le gris éteint des cendres, juste des tiges, brisées, noircies, tels des moignons tendus vers le ciel vide.* »

Sa théorie est que, pour l'artiste, les tournesols sont un langage de la nature, une espèce de mise en garde. L'homme imite la nature, et celle-ci lui rappelle qu'il est mortel. C.Q.F.D.

J'ai repris mon travail dans cette optique : l'œuvre de Glawe et son lien avec la nature. Pas comme reproduction de la nature, copie, mais comme moyen d'élucidation de cette violence qui la traverse. Je fais l'hypothèse que Glawe emprunte à la nature des éléments de son langage pictural pour exprimer ce qu'elle lui dit de lui, de nous. La nature lui fournit son alphabet de mort, de danger, de peur, de cri, d'histoire. D'espoir peut-être aussi. Glawe m'a montré dernièrement une grande toile d'un vert tendre fleurie de coquelicots.

– Un travail ancien, a-t-il cru bon de préciser, comme si aujourd'hui il lui était impossible de retrouver cet élan de fraîcheur.

Puis il a ajouté comme pour écarter tout soupçon de romantisme :

– Le coquelicot, c'est une fleur de sang. Vous avez une chanson française qui raconte ça, non ?

J'ai souri, acquiescé. Rien à ajouter.

En sortant de chez Glawe, je suis passé devant chez Louis. J'ai eu la tentation d'y faire une halte, mais j'ai cru entendre des voix. Louis parlait à une autre personne. Comme je n'entendais que lui, j'en ai déduit qu'il parlait au téléphone. Je suis resté quelques minutes – deux ou trois, pas plus – à l'écouter sans vraiment comprendre le contenu de sa conversation. Il parlait allemand, langue que je lis sans problème mais que je manie avec maladresse à l'oral, et sa voix assourdie ne me permettait pas de saisir le sens de ses paroles. Elle était posée, calme.

Je suis reparti vers chez moi en traînant un peu. J'avais le secret espoir que, sa conversation terminée, il sorte de chez lui et, m'apercevant sur le chemin, m'appelle, comme cela lui arrive parfois ces derniers temps.

Quelque chose s'est noué entre nous à travers Valentina. Et depuis son départ, j'ai le sentiment qu'il aime l'évoquer avec moi comme cela doit lui arriver de le faire avec Annie. C'est plus facile avec moi qu'avec elle. Annie est trop proche de la petite fille, trop impliquée pour commenter cette rage native qui le frappe comme elle me frappe. De plus, il ne doit pas avoir envie d'aborder avec elle certains sujets qui le touchent visiblement de trop près.

J'ai échafaudé toutes sortes de scenarii le concernant. Mais aucun ne me satisfait. Louis se cache ici. De cela je suis presque sûr. Mais de qui, de quoi, se cache-t-il ? Je n'arrive pas à l'imaginer accomplissant une forfaiture quelconque, un acte brutal susceptible de le conduire en prison. Il ne peut pas être un prisonnier en fuite. Et même s'il y a du désarroi, parfois, dans son regard, rien ne permet de penser qu'il s'est évadé d'un hôpital psychiatrique. Prison ou hôpital, la police locale l'aurait déjà retrouvé.

Il y a une forme de douceur et de respect d'autrui chez lui. C'est un homme cultivé, brisé, solitaire, rongé par je ne sais quel cancer : regret, malheur. Ou les trois à la fois. Lorsqu'il m'arrive de le comparer à Glawe, il me semble évident que l'artiste est, de loin, le plus radical des deux.

J'ai tant ralenti mon allure que Louis a fini par me voir de sa fenêtre et m'a rejoint dans la rue. Je me suis senti confus de mon attitude adolescente mais j'étais content de voir qu'il partageait l'intérêt que j'éprouvais pour lui même s'il n'avait pas encore la densité d'une amitié naissante.

Il m'intriguait, et je voulais en savoir plus sur lui. Au-delà de la curiosité, sa personnalité même m'attirait. Il n'était pas un homme ordinaire.

L'aurais-je remarqué s'il avait habité dans le même immeuble parisien que moi ? Pas sûr. Et si oui, je n'aurais sûrement pas tenté de l'approcher. À Paris, les voisins ont une certaine transparence. Ici, dans ce village que je me refuse d'appeler mien, les étrangers m'intéressent plus que les autochtones.

Louis m'a abordé par ces mots :

– Séance de travail chez Hans Glawe ?

Il prononçait le nom à l'allemande, ne cherchant plus à tricher sur sa langue maternelle.

J'ai acquiescé. Oui, il fallait vraiment que j'avance mon étude. Glawe avait la générosité de m'ouvrir grand sa porte chaque fois que je le sollicitais. C'était une chance.

Je me sentais un peu bête de dire si platement les choses. Mais je me voyais mal dissertant sur l'œuvre du peintre car j'étais désormais persuadé qu'il la connaissait aussi bien, voire mieux, que moi. Ou du moins qu'il avait plus de raisons que moi de la connaître de l'intérieur.

Je ne sais pas trop comment il a abordé sa situation sans que je le sollicite. Je ne me serais jamais permis de l'interroger sur ses rencontres avec un journaliste que je connaissais vaguement et qu'il rencontrait en ville. Je n'aurais pas osé. Mais peut-être ai-je induit une confidence sans le vouloir ni le savoir.

– Je vais bientôt recevoir chez moi une équipe de télévision. Un documentaire pour Arte. Ne vous effrayez pas du matériel, qui est toujours impressionnant. Vous risquez d'être dérangé par les camions passant sous vos fenêtres. Ils tourneront plutôt de nuit. Je vous prie de m'en excuser.

Il a dit cela avec un tel détachement que je me suis senti désarçonné.

Je m'étais fait un cinéma sur ce type qui se cache et voilà qu'en réalité il travaillait à un documentaire pour Arte.

Devant mon air perplexe, il a souri.

– Ne vous inquiétez pas, ça ne durera pas très longtemps. Trois jours, quatre maximum. Puis nous replongerons tous dans la paix de nos campagnes.

Je l'ai trouvé presque jovial tandis qu'il prononçait cette phrase qui sonnait avec une certaine ironie en apparence joyeuse mais, m'a-t-il semblé, non dénuée d'un fond de tristesse.

Je n'ai pas eu le réflexe ni l'audace de lui en demander plus sur ce film auquel il participait et qui le rendait plus léger, plus disert. Je crois que Louis m'intimidait.

De son côté, il n'a rien précisé sur ce documentaire dont j'ai supposé qu'il était l'un des auteurs. Il s'isolait ici comme je le faisais moi aussi pour travailler en paix. Prendre un certain recul.

Lorsqu'il m'a quitté pour « aller faire deux courses chez Annie », je me suis senti tout bête. L'isolement ne me réussissait vraiment pas. Je me faisais du cinéma pour tromper ma solitude, voilà tout. Et si Glawe connaissait Louis, c'est parce que, pour lui, allemand, il était une figure si ce n'est familière, du moins identifiable. Son visage était reconnaissable : vu à la télé !

31

Quelques jours plus tard, comme il me l'avait annoncé, le camion d'Arte est passé sous mes fenêtres et s'est arrêté sous celles de Louis. J'ai vu trois hommes en sortir. Peut-être étaient-ils plus nombreux. Je n'ai pas passé mes soirées à surveiller leurs allées et venues. Je suis cependant à peu près sûr qu'ils ne sont pas allés se promener dans le village. N'ont pas mis les pieds au bistrot. Pas débarqué à la supérette. Si j'en fais la remarque, c'est parce que j'ai été surpris de leur discrétion. Ils sont venus à trois reprises, trois soirs consécutifs. Ils sont arrivés vers dix-sept heures, repartis tard dans la nuit. Le dernier soir, je me suis endormi avant qu'ils ne s'en aillent. Le lendemain, ils ne sont pas revenus. Fin de l'épisode.

J'ai imaginé que les langues allaient bon train autour des petits jaunes du soir. Plus tard, Annie me dirait que les villageois avaient tous pensé que la télé était venue pour Glawe. Personne n'avait imaginé que le Blondin pût avoir le moindre lien avec ce monde si prestigieux du petit écran.

La première nuit de tournage, il m'a semblé apercevoir un homme dans les rues désertes, caméra à l'épaule.

L'équipe était pourtant chez Louis. De chez moi, je devinais les éclairages qui filtraient à travers les volets disjoints. Y aurait-il encore des rôdeurs profitant de l'inattention de Louis occupé à enregistrer ? Cela m'a alerté sans m'inquiéter. Rien de neuf, si l'on considère qu'il y avait déjà eu des rôdeurs avec caméras autour de chez Louis ou de chez Glawe. Peut-être de chez les deux.

Je me suis interrogé sur le sujet du documentaire auquel collaborait Louis. Je me suis même demandé si, dans le fond et sans l'avouer, il ne travaillait pas lui aussi sur Glawe, mais en douce, sans avoir ses entrées chez l'artiste. J'ai repoussé cette idée qui, une fois formulée, m'a paru absurde. Mesquine.

Le matin du quatrième jour, je me suis précipité à la fenêtre et tout était redevenu normal. Plus la moindre camionnette dans la rue. Juste la voiture de Louis collée au mur du jardin. Et ses volets ouverts. Et le ciel, « par-dessus le toit, si bleu, si calme »... Verlaine vient parfois me visiter sans que je le sollicite. Ce qui m'a mis de bonne humeur.

J'ai ouvert mon ordinateur à la recherche des concerts qui, Noël approchant, devraient être programmés dans la région. J'avais une soudaine envie de détente, de musique. Il y avait longtemps que je ne m'étais pas senti aussi bien. Tous ces mois ici m'avaient lavé des miasmes de la vie universitaire parisienne. Je me sentais régénéré et, malgré mon travail, reposé. J'avais tourné le dos à bien des choses de mon existence. Jusque-là, j'avais passé ma vie à partir sans me retourner. Du village, de chez les curés, de mes familles – celle dont je suis le fils et celles au sein desquelles j'ai été le mari, le beau-père.

Le travail a été ma seule fidélité. Et mes amours, libres de contraintes. J'ai passé l'âge de ces dernières. Étrange d'avoir consacré sa recherche à étudier les autres et de ne s'aimer vraiment que seul !

Ici, au village, les lignes ont sensiblement bougé. Non que je sois devenu un joyeux drille avide de relations humaines, mais l'observation physique de quelques-uns de mes voisins m'a ouvert à une forme de convivialité. Glawe mis à part, les autres – Annie, Louis, Valentina et sa mère – occupent mon esprit sans aucune autre justification que la curiosité et un certain plaisir à les avoir côtoyés, à me souvenir de leur présence.

J'ai repensé à Valentina. Je me suis demandé si elle était rentrée en classe de maternelle. Si on accueillait des petites filles comme elle, silencieuses et révoltées. Je l'ai imaginée s'interdisant de répondre aux sollicitations d'une maîtresse acariâtre. Et cette idée m'a amusé. Les temps avaient changé depuis ma petite enfance. Les maîtres et maîtresses ne tapaient plus les enfants sur le bout de doigts avec leur règle. La modernité avait dû inventer d'autres formes de torture, d'autres punitions. Rien ne se perd, tout se transforme...

Le factotum de Glawe a interrompu ma rêverie matinale. Glawe partait pour quelques jours et souhaitait me voir avant son départ. Nous sommes convenus que je me rendrais chez lui le lendemain vers seize heures. Tous ses rendez-vous commençant en milieu d'après-midi, j'en avais déduit que le peintre faisait la sieste. Il ne proposait jamais de rendez-vous avant seize heures. L'hygiène tel que le professent les Nordiques et les Allemands invite à une pause d'après repas. Les gens du Sud font de même mais ils préfèrent évoquer le plaisir de la sieste que son caractère médicalement bienfaisant. J'ai pensé à mon grand-père, qui s'endormait dès la dernière goutte de café avalée au sortir du repas. Il prétendait ne pas dormir, juste réfléchir. Et je me moquais alors, même enfant, des ronflements que soulevait sa réflexion.

Je me suis imaginé que Glawe voulait discuter avec moi de la venue des gens de télévision chez Louis. Peut-être avait-il été surpris, voire inquiet à la pensée que les caméras pourraient dériver jusqu'à lui. Comment aurait-il pu savoir que Louis travaillait à un documentaire ? À ma connaissance, ils n'avaient jamais échangé le moindre mot. Ce qui ne l'avait pas empêché de connaître la nationalité de Louis. L'idée d'un lien invisible entre les deux hommes m'a à nouveau effleuré. Je ne crois pas aux coïncidences. Puis j'ai laissé tomber. Je me faisais encore du cinéma. Le fruit de ma solitude campagnarde ?...

Et comme – mon côté bon élève – je n'aime pas être pris au dépourvu dans mon dialogue avec Glawe, j'ai abandonné ma recherche de concerts. À dire vrai, au premier coup d'œil, je n'avais rien vu d'affriolant dans les programmes consultés. Et je suis retourné à mes notes. J'ai revu ce que j'avais écrit après notre dernière séance. J'avançais lentement mais rien de ce que j'avais consigné ne me semblait à effacer ou à modifier. La mise en évidence de cette généalogie de violence politique qui traversait l'œuvre de l'artiste me semblait tout à fait juste. Glawe ne se référait pas seulement à Hitler et au nazisme. Tel un jardinier arrachant du chiendent, il fouillait sa terre à lui, l'Histoire, cherchant à extirper les racines longues et vicieuses jusqu'à leur naissance, en évitant de les briser. Le moindre fragment oublié permettrait encore à la mauvaise herbe de renaître et de se propager. Il y avait chez lui autant de délicatesse à faire émerger les fils cachés de la haine que de force à les brandir, à les jeter à la face du monde.

À seize heures moins dix, je suis sorti de chez moi pour me rendre à l'invitation de Glawe.

J'ai longé la maison de Louis. J'espérais vaguement l'apercevoir travaillant sa terre. Pensée ridicule d'intello ne connaissant rien à l'agriculture : on ne travaille pas la terre en hiver… Et, logique, il n'y avait personne dans le jardin. J'ai marché sans me presser jusque chez Glawe, ne voulant pas être là avant l'heure. Mon impatience, mon inquiétude naturelle me poussent toujours à arriver en avance à mes rendez-vous. Alors je freine au dernier moment et je me sens ridicule.

Le portail métallique qui clôt le domaine du peintre était ouvert, sûrement à mon intention. Je suis donc entré et j'ai traversé sans me presser le champ dans lequel il entrepose encore quelques-unes de ses sculptures. Le travail de la nature sur ces œuvres m'impressionne toujours. La rouille, les traces baveuses d'escargots, d'insectes, sur les métaux enchâssés dans des bois patinés par la pluie et le soleil racontent une histoire qui s'ajoute à l'Histoire. Sous le ciel gris de cet après-midi d'hiver, ces totems ressemblent plus que jamais à une armée des ombres.

32

Glawe était pensif, pas très en forme. Son air boudeur ne présageait rien de bon et je me demandais pourquoi il avait souhaité me voir si c'était pour me faire la gueule. Je n'ai rien exprimé de tel, mais il a dû percevoir chez moi un certain agacement car, très vite, il a retrouvé ce sourire du regard qui n'invitait jamais les zygomatiques à participer. Un sourire immobile, de chat. Il m'a invité à le suivre dans le salon, m'a proposé un verre – bière, whisky – que j'ai refusé. Trop tôt ! Il s'est servi une bonne rasade de son excellent Glengoyne de quatorze ans d'âge, qu'il a bu d'un trait comme on boit de l'eau.

Je n'ai jamais été un as pour meubler les silences de la conversation, et j'ai attendu qu'il prenne la parole le premier. Après tout, c'était lui qui avait sollicité ma présence.

Il a vaguement évoqué un nouveau projet de construction sur son terrain pour y accueillir un totem qu'il était en train de monter dans l'atelier et qu'il voulait enfermer dans un lieu clos et inaccessible pour l'y laisser vieillir à l'air et dans le noir. Il avait envie de tester la patine du temps, du vent, de l'humidité, sans pour autant offrir son œuvre à la nature. Il laisserait des trous dans sa construction qui aurait cependant un toit. C'était la première fois qu'il tentait une telle expérience. Il était curieux de voir comment sa sculpture allait réagir à ces agressions ciblées.

Je l'écoutais assez intrigué sans pour autant comprendre pourquoi il me faisait partager ce projet dans sa conception technique. Jusque-là, nous n'avions parlé que d'art, de création, de littérature, d'histoire. Rarement de cuisine. Voulait-il que j'ouvre un chapitre sur cette part cachée de sa conception artistique ?

Il se perdait un peu dans les méandres d'explications assez banales sur le petit bâtiment haut et étroit dans lequel il enfermerait son totem.

– Un bâtiment comme un étui poreux, en somme, ai-je suggéré.

Il a acquiescé sans pour autant se satisfaire tout à fait de ma définition un peu abrupte, qui devait sonner à ses oreilles comme un « Bon, d'accord, j'ai compris. Et si on passait à autre chose ».

Il est revenu sur le choix des ouvertures, des trous ronds de dix centimètres de diamètre à travers lesquels l'air, un peu de pluie, quelques insectes, voire des oiseaux, pourraient passer et repasser.

J'ai attendu avec patience qu'il en termine sur le sujet, de plus en plus persuadé que ce long, long préambule n'était qu'une diversion avant d'en arriver à un autre point assurément plus grave ou du moins plus difficile à aborder.

Il s'est resservi un whisky bien tassé, m'en a proposé un verre que j'ai encore décliné. Je le sentais de plus en plus nerveux et l'alcool ne parvenait pas à calmer cette agitation sourde qui accompagnait la banalité de ses propos. J'en suis même venu à me demander s'il n'avait pas commencé à tutoyer sa bouteille bien avant mon arrivée. Ce qui supposait alors que je n'assistais là qu'à la version affaiblie d'une inquiétude ou d'une angoisse dont je ne comprenais pas la cause.

J'ai fini par lui tendre une perche :

– De quoi souhaitiez-vous que nous parlions aujourd'hui ? J'ai fini la rédaction d'un chapitre sur ce que vous nommez les origines, et je vous le soumettrai dans quelques jours, le temps de la relecture et de vérifier quelques références.

– Je voulais vous parler de tout autre chose. Enfin, pas de mon travail. Et pas spécialement de mon projet de construction. C'est venu comme ça. Je vous fais perdre votre temps.

Je n'ai pas protesté, même pour la forme. Glawe était bien trop malin pour ne pas avoir vu combien ses propos m'ennuyaient.

– Je voulais vous parler de l'Allemagne. Vaste sujet, n'est-ce pas ?

Devant mon air interrogatif, il a ajouté :

– Enfin disons plutôt des Allemands et de notre histoire. De la violence. Celle de la guerre et du nazisme et celle qui a suivi. Une violence par ricochet, celle de ma génération écrasée et celle de nos enfants qui nous ont accusés d'être complices de nos pères et de nos grands-pères. Je parle de la Fraction armée rouge, de Baader et Ulrike Meinhof, et de ces jeunes gens qui, après eux, se sont jetés tête la première dans la bagarre sans plus savoir pourquoi. Même pas au nom de Rimbaud et de ses révoltes logiques, qu'ils n'ont jamais étudiés à l'école. Non, juste comme ces petits cons d'aujourd'hui qui partent faire la guerre sainte au nom d'Allah et qui n'ont pas la moindre idée de ce qu'est le Coran, dont on leur a fait ingurgiter des morceaux choisis et dénués de tout contexte, dans une traduction orientée et pernicieuse.

Je ne tenais pas à m'embarquer dans une discussion de café du commerce sur les gamins paumés et manipulés qui, en Allemagne ou ailleurs, cognent et meurent pour se donner le sentiment de vivre et d'être des héros.

J'ai objecté que la violence dépassait très largement le cadre de l'histoire allemande et que la manière dont il la faisait advenir, sentir dans son œuvre était à mes yeux plus forte que n'importe quel récit d'attentat, de bombes explosant dans la foule, d'enlèvements, toutes choses qui remplissent les colonnes des journaux et dont le souvenir s'affaiblit puis s'éteint, une horreur chassant l'autre.

Il m'a regardé, surpris de ma remarque désabusée. J'étais vraiment le mauvais interlocuteur.

– Oui, mais ces gens-là doivent continuer à vivre après. Avez-vous pensé à ce que peut ressentir un homme qui a commis des horreurs dans la fougue de sa jeunesse ? Il ne s'est pas fait prendre, il croit avoir échappé. Et non, on n'échappe pas à sa mémoire, aux souvenirs des morts, du sang qui coule des corps déchirés. On en crève, de se souvenir. On crève du silence. On peut se cacher des autres, pas de soi-même. Je voudrais travailler là-dessus. Je vous en reparlerai quand j'aurai avancé.

Il a clos la discussion, s'est levé, m'a reconduit vers la porte, visiblement déçu de mon manque d'empathie. Triste constat, je n'étais qu'un intellectuel français. Cartésien, sérieux, un peu étroit. Parfait pour écrire un livre sur lui.

Mais pour comprendre la vie, la vraie, totalement inapte. Inutile d'insister.

Ce jour-là, je me suis senti plus furieux que minable. Il me faisait perdre mon temps. Et s'il avait besoin d'un mur pour faire rebondir ses pensées, il avait un factotum sous la main qui pouvait très bien faire l'affaire.

Je suis ressorti de sa propriété sans me retourner. J'avais besoin de m'aérer la tête. Il allait bientôt être quatre heures et demie et je voulais profiter du soleil timide et inespéré de cette fin d'après-midi gâchée. Oui, gâchée !

Tournant le dos au village, je suis parti vers la campagne et j'ai retrouvé le petit sentier bordé de chênes verts et de genévriers des promenades avec mon grand-père. L'air sentait le thym que je foulais comme jadis enfant malgré les remarques de mon aïeul qui me traitait de petit sauvage et m'invitait à le suivre en respectant la nature. Ma colère avait ce soir un parfum de thym et un goût de poussière. J'ai regretté d'avoir refusé le whisky. Peut-être m'aurait-il un peu apaisé.

J'ai marché une bonne heure, jusqu'au sommet de la colline. Louis était dans son jardin. Je le devinais, petite silhouette sombre penchée sur le sol. J'ai pressé le pas. Échanger quelques mots avec lui qui était sans prétention me ferait sûrement du bien. Quand j'ai atteint sa maison, il était toujours dehors, cueillant des bouquets d'artichauts violets qu'il déposait dans un panier d'osier. Il tournait le dos à la route et je devinais sa maigreur sous la chemise ample qui semblait flotter autour de son buste voûté. Il ne m'avait pas entendu arriver et il a sursauté quand je l'ai salué. Il s'est relevé lentement, comme les gens qui souffrent de rhumatismes, et m'a salué à son tour.

– Valentina va revenir passer quelques jours chez Annie, les artichauts sont pour elle. Elle ne mange que ce qu'elle choisit de manger : du saucisson, des petits artichauts qu'elle effeuille en riant et des éclairs au chocolat. Moi, je suis préposé aux artichauts. C'est ma mission.

Il a dit ça d'un ton joyeux mais son regard n'avait rien perdu de cette tristesse qui semblait l'envelopper telle une brume légère, ou un halo.

Une tristesse non dénuée de douceur. Et le voir ainsi à la fois heureux et mélancolique m'a soulagé du fond de colère qui traînait encore en moi.

Cet homme m'apaisait. Et la perspective de revoir Valentina m'a rendu le sourire.

Plus tard dans la soirée, alors que j'écoutais un vieux 33 tours de Louis Armstrong, j'ai pris conscience de l'intérêt que cette petite fille étrange éveillait en moi. Comme Louis, je me suis mis à l'attendre.

33

Les jours suivants ont été aimantés par le retour de la fillette. Annie, que j'ai saluée de ma fenêtre alors que tard dans la nuit elle allait rejoindre son Louis, m'a souri, un peu surprise de cette intrusion dans son secret. Je ne m'étais jamais permis de lui faire savoir que je la voyais alors qu'elle rasait les murs à une heure déjà avancée de la soirée. Je me suis même risqué à un « Elle arrive quand, la petite ? ».

Annie a chuchoté, un sourire dans la voix : « Dans deux jours. » Et elle a filé.

Ce soir-là, je me suis endormi comme un bébé avec un sentiment de bien-être que rien ne justifiait si ce n'est la perspective de revoir Valentina, qui ne me parlerait pas, qui ne me regarderait pas, mais qui peut-être me prendrait la main pour m'obliger à faire une chose qu'elle ne savait ou ne pouvait pas faire seule : sonner à une porte, ouvrir une bouteille de Coca-Cola, grimper sur un mur.

Que m'arrivait-il donc ? Les enfants ne m'ont jamais intéressé. Il m'est arrivé de cohabiter avec ceux de mes compagnes sans ressentir le moindre intérêt pour eux. Je ne crois qu'aux échanges verbaux, à la complicité intellectuelle. Un enfant m'est aussi étranger qu'un chien, un chat ou un poisson rouge.

Je me suis demandé si vieillir c'est devenir plus tendre, comme ces viandes qu'on laisse rassir pour qu'elles fondent sous la dent. L'image du gibier pourrissant que les chasseurs disent faisandé et qui pendait jadis aux volets des maisons du village en période de chasse m'a semblé encore plus dégoûtante qu'alors et malgré tout plus juste. Je me ramollissais, voilà tout. Et pourtant je n'en éprouvais ni honte ni regret. Je frétillais à l'idée de revoir Valentina et le souvenir de sa pulpeuse mère n'était en rien mobilisé dans cette attente jubilatoire. J'en ai déduit que les silences de la petite me parlaient plus que les paroles oiseuses de mes contemporains.

Nous étions un lundi, Annie m'avait répondu le dimanche soir, l'enfant arriverait donc le mardi ou peut-être seulement le mercredi.

L'idée m'est venue d'aller acheter un saucisson. Je l'ai écartée tout de suite. Ridicule, Annie en avait plein sa supérette.

Le soir du mardi, j'ai prolongé mes lectures à mon bureau face à la fenêtre. J'ai entendu les voix des derniers clients du bistrot. Le pas vacillant de l'un d'eux heurtant un objet métallique qui a résonné comme une cloche.

Les injures qui ont suivi. Puis le silence.

Annie n'avait pas rejoint Louis ce soir-là et j'en avais déduit qu'elle attendait sa belle-sœur et sa nièce. C'était le bon soir. Je suis donc resté à ma fenêtre alors que l'horloge de l'église avait sonné onze heures depuis longtemps. Il m'a semblé apercevoir au loin des lumières de phares sur la bretelle de raccordement à la nationale, celle qui conduit au centre du village, mais aucun véhicule n'est arrivé jusqu'à la place. Une dizaine de minutes plus tard, j'ai aperçu une silhouette qui remontait vers chez moi. Ma maison est la dernière du village si l'on excepte celle de Louis, deux cents mètres plus loin sur la droite. Entre les deux une voie dont l'entretien n'a jamais passionné les services municipaux. Celle de Glawe est au bout du long chemin parfaitement goudronné par les bons soins du maire, qui part presque en face de chez Louis. La silhouette, un homme, remontait la rue d'un pas prudent, lentement. Qui donc venait rôder ici à une heure pareille ?

L'homme a baissé la tête en passant sous mon balcon éclairé. Il a semblé hésiter, puis il a repris sa marche vers chez Louis. Il s'est arrêté à quelques mètres de la bâtisse. J'ai pensé qu'il regardait s'il y avait encore de la lumière à l'intérieur. De chez moi, je ne pouvais pas savoir. Il est resté un petit moment planté là au milieu de la rue. J'ai éteint ma lampe afin de mieux voir ce qui se passait à l'extérieur. Mais la nuit était noire et l'homme, m'a-t-il semblé, immobile. Puis il a fait demi-tour et il est reparti vers le véhicule qu'il avait dû laisser à l'entrée du village et que j'ai vu repartir un peu plus tard vers la nationale.

J'avoue ne pas avoir attaché trop d'importance à cette visite nocturne assez mystérieuse. Je me suis dit simplement : Ça continue. Si je n'avais pas attendu, espéré, le retour de Valentina, j'aurais été plus perspicace. Mais Valentina est arrivée avec sa maman le mercredi dans la matinée, et j'en ai presque oublié le rôdeur de la veille. Je dis presque car, dans un coin de ma tête, la silhouette hésitante du visiteur nocturne continuait à m'intriguer. Je n'arrivais pas à imaginer la raison pour laquelle un homme s'était approché de la maison de Louis en se cachant. Louis était-il surveillé ? Et si oui, par qui ? Le documentaire auquel il avait participé présentait-il des risques pour des personnes qui s'en inquiétaient ?

Je n'avais aucune réponse à apporter, et pas très envie de me creuser la cervelle là-dessus. Une chose était certaine, c'était bien Louis qui était l'objet de toutes ces approches secrètes avec ou sans caméra, et non Glawe, comme je l'avais un temps soupçonné. Ses travaux pour la télévision touchaient-ils à des sujets brûlants ? Avec Menton dans l'affaire, on pouvait s'attendre à du costaud.

Puis toutes mes réflexions ont été balayées par la visite que Valentina et sa maman ont rendue à Louis. Je n'ai pas résisté à l'envie de descendre de mon perchoir pour saluer mère et fille. Si l'une s'est montrée chaleureuse, l'autre a évité mon regard, ma main qui s'avançait vers ses cheveux, et elle a filé à vive allure vers chez l'unique personne qu'elle voulait revoir : Louis. Il fallait m'y faire : je n'étais qu'un second choix.

Sa mère s'est excusée de l'attitude de sa petite sauvage, juste pour la courtoisie. En réalité, elle était ravie de constater que sa fille avait un point d'ancrage, qu'elle pouvait s'attacher à quelqu'un comme n'importe quel enfant de son âge. Elle ne m'en a rien dit, bien sûr, mais j'ai lu dans son regard qui suivait la course de la gamine vers son copain une sorte de joie mêlée à du soulagement. Valentina sélectionnait ses amis comme elle sélectionnait sa nourriture, ai-je pensé. Et avec une pointe de jalousie, je me suis demandé si Louis n'était, dans sa hiérarchie affectueuse, que l'homme aux bouquets d'artichauts ou s'il pouvait aussi être l'homme au saucisson et l'homme aux éclairs au chocolat. Je me suis senti assez ridicule. Honte à moi !

Cheveux au vent, Valentina tout de rose vêtue avait foncé droit vers le jardin et escaladé le muret.

« Cette petite est une acrobate », m'a dit sa mère en filant la récupérer avant qu'elle ne saute sur les buissons d'artichauts au-dessus desquels se balançaient ses petits pieds.

Puis j'ai vu Louis sortir sur le chemin et prendre la petite dans ses bras en la faisant tourner en l'air. Et il m'a semblé entendre le rire de Valentina qui, tête renversée, buvait l'air et le soleil dans le bonheur éclatant de ces retrouvailles.

34

Les jours suivants, j'ai vu passer, seule ou accompagnée de sa mère, la petite Valentina, son doudou sous le bras, courant vers son ami Louis.

Il l'attendait toujours devant sa porte, sans doute prévenu par un appel de la maman qui, me dirait-elle plus tard, laissait ainsi volontiers à sa fille une autonomie qu'elle ne pouvait avoir en ville. Il lui semblait que permettre à l'enfant d'exprimer ses sentiments en dehors du cadre familial était pour elle une ouverture nécessaire. Elle ne parlait pas plus à Louis qu'aux autres, du moins pas avec des mots, mais elle avait avec lui une entente tacite, une complicité, comme on la voit parfois chez les vieux amoureux ou les amis de très longue date.

Mes conversations avec l'Italienne auraient pu laisser penser que c'était elle qui intéressait le vieux loup qu'on devait voir en moi. Mais la jeune femme avait compris que c'était à sa fillette qu'allait mon intérêt. La petite m'intriguait autant qu'elle me fascinait.

Je m'étais permis de lui poser quelques questions qui l'avaient fait sourire.

– Vous êtes sociologue, n'est-ce pas, et vous nous étudiez. Ça change un peu de tous les psys chez qui j'accompagne Valentina. Votre approche est plus civilisée, moins intrusive.

Et devant mon air gêné, contrit, elle avait ajouté, en roulant délicieusement ses *r* :

– Non, je plaisante. J'ai bien compris que Valentina vous séduit. C'est l'effet qu'elle produit toujours sur les adultes.

Et comme je n'osais plus l'interroger, c'est elle qui a parlé et m'a raconté la vie de sa fille.

La petite refusait tout apprentissage explicite. Elle ne voulait pas qu'on ouvre un livre avec elle et qu'on lui raconte une histoire. Pas plus qu'elle ne répondait aux questions banales qu'on pouvait lui poser, du genre « Tu as mal ? », lorsqu'elle pleurait après être tombée ; « Tu as faim ? », alors qu'elle tournait en rond dans la cuisine. Elle refusait aussi les mots de courtoisie : « bonjour », « merci », « au revoir ». Mais, lorsqu'on lui donnait le nom d'une lettre de l'alphabet ou un chiffre, elle se laissait prendre au piège et le montrait du doigt sur son tableau de chiffres et de lettres. Toute exclamation de félicitations interrompait le jeu. Elle quittait la partie, furieuse que l'adulte ait découvert son savoir caché. Elle ne parlait que la nuit ou seule dans sa chambre, porte fermée. Un babil incompréhensible avec un ton de voix semblable à celui de sa mère. Celle-ci m'avait avoué qu'elle avait parfois l'impression de s'entendre notamment protester : « Mais, non ! » dit sur le ton de la colère ou, le plus souvent, celui désabusé, « Maiiis nooon ! », qui accompagne un haussement d'épaule, une sorte de « n'importe quoi » poli.

L'Italienne ne m'avait pas dit tout cela d'un coup. Elle distillait ses confidences, me témoignant ainsi, petit à petit, une confiance que je ne méritais peut-être pas mais qu'elle m'accordait pour la qualité de mon écoute. Elle me parlait car elle avait besoin de partager ce savoir de sa fille que tous ignoraient et dont elle-même ne connaissait ni la source ni l'étendue. Pour me dire que cette enfant n'était pas anormale ni handicapée. Elle était révoltée, profondément révoltée. Mystérieuse. Poétique.

– Oui, disait-elle, pensive, Valentina est poétique. Je crois que c'est ce qui la dit le mieux.

Je commençais à me faire une idée plus précise de l'enfant. Quelque chose de violent dans sa courte vie l'avait coincée dans le silence et elle ne savait plus comment en sortir. Elle avait perdu les clefs de la communication. Alors elle s'était inventé un autre monde dont les adultes n'avaient pas le code d'accès.

Sa mère espérait que l'amitié de Louis se révélerait salvatrice. Elle ne l'a pas exprimé ainsi, mais j'ai compris à demi-mot l'espoir qu'elle mettait dans cette rencontre improbable. Et puis, il y avait Annie, si douce, si discrète, qui contrebalançait l'attitude de son frère, le père de la petite, que le silence ou les cris de sa fille terrorisaient et confortaient dans une forme de paranoïa.

C'était bien lui le plus malheureux, en somme.

Je l'ai laissée dire sans intervenir. Son histoire de couple ne me regardait pas.

En revanche, je me suis demandé si Louis lui parlait en français ou en allemand. Après tout, sa mère s'adressait à elle en italien quand elles étaient seules, en français en société. La langue du cœur pour elles deux, le français pour la compagnie. Il m'a semblé que, vu leur relation, Louis devait lui parler sa langue du cœur. J'en étais presque certain.

C'est à ce moment-là du deuxième séjour de Valentina que m'est apparu vraiment le lien entre elle, Louis et Glawe. Ainsi dit, cela peut paraître étrange, voire idiot. Mais je ne crois pas me tromper en affirmant que l'une et les autres répondaient chacun à leur manière à une violence, un traumatisme, un interdit. Et que travaillant sur l'œuvre du peintre, explorant les ressorts profonds de son univers, je m'approchais de ceux de Louis et de la petite Valentina. À bien y réfléchir, j'émettais là une idée bien prétentieuse. Comment pouvais-je me lancer dans une comparaison audacieuse et subjective entre un génie de l'art, un inconnu qui faisait des documentaires sur je ne sais quoi et une gamine belle comme le jour et fermée comme une huître ?

Sans doute serait-il plus fructueux pour moi de retourner à mes chères études, seules choses dans ma vie où j'avais pu avoir quelques réussites.

Aussi juste que soit cette constatation, je ne parvenais pas à me détacher tout à fait du lien qui unissait, sans qu'ils en soient vraiment conscients, les trois révoltés de mon village.

Familière de ma présence, Valentina me regardait parfois dans les yeux lorsque je discutais avec sa mère, ou lorsque, main dans la main avec Louis qui la reconduisait jusque chez elle, elle passait sous ma fenêtre. Un soir, elle a même agité sa petite main et lancé un tonitruant « Coucou ! », le deuxième depuis notre rencontre, qui m'a laissé sans voix.

La voir marcher vers la place du village avec Louis qui, par amour pour l'enfant, acceptait le regard des autres, et sans nul doute leurs quolibets, avait quelque chose d'émouvant. Valentina avait eu raison de ses craintes. Pour les commères et les soiffards du bistrot, il demeurait le Blondin et le Blondin se trimballait avec la gosse de l'Italienne. Savait-on que cet étranger était l'amant de la caissière ? Sûrement pas. Pensait-on qu'il soit devenu celui de l'Italienne ? C'était assez probable mais je n'ai jamais eu l'envie de le vérifier. La suite serait assez violente pour faire exploser tout cela. Les histoires de cœur ou de sexe n'y trouveraient plus qu'une place très marginale. Le scandale dépasserait le cadre mesquin des sarcasmes et des potins.

C'est une semaine après l'arrivée de Valentina et sa mère que la donne a commencé à changer.

Il y a d'abord eu l'appel de Glawe. Je ne l'avais plus revu depuis cette étrange rencontre au cours de laquelle il a tant bu et si peu parlé. Ou du moins avais-je eu le sentiment qu'il ne parvenait pas à me dire ce pour quoi il m'avait fait venir. Cette fois-ci, il n'a pas eu recours à son factotum pour me joindre. Il a appelé lui-même. Il m'invitait à dîner et voulait partager avec moi une émission télévisée dont il pensait qu'elle pourrait m'intéresser. Je ne savais pas le peintre friand de télévision française, et à ce jour nous n'avions jamais pris le moindre repas ensemble. Avait-il quelque chose à se faire pardonner ? J'ai imaginé ce qui alors me paraissait le pire : rompre notre contrat ou me dire que notre livre pourrait attendre et qu'il confiait à un vrai critique d'art le texte qui accompagnerait sa prochaine grande exposition à Londres ou même à Paris. Je ne connaissais pas son programme et je gambergeais, inquiet de me voir évincé.

L'homme est bête, qui croit toujours être le centre des pensées étrangères et qui n'est en réalité que le centre de ses propres pensées.

35

Je n'ai pas surmonté toutes les réticences que suscitait en moi cette étrange invitation, mais je me suis raisonné : Mon vieux, tu es un grand garçon. Si Glawe veut se débarrasser de toi, il n'y a pas mort d'homme. C'est son droit de travailler avec la personne de son choix. Si ce n'est plus toi, rien de ce que tu as appris de lui sur son œuvre n'est à regretter. Tu peux toujours en tirer un livre. Ou pas.

Je n'ai pas fait de frais d'élégance. Inutile d'en rajouter. Glawe m'avait toujours reçu dans des tenues décontractées et j'étais vêtu de même. J'ai pensé que, pour un dîner, apporter une bonne bouteille serait correct. J'ai pris dans ma réserve un saint-émilion 2009 et je suis allé le rejoindre.

En passant devant chez Louis, j'ai noté qu'il n'y avait pas sa voiture et que ses volets étaient clos. Peut-être était-il allé en ville avec Valentina et sa mère. Je savais par elle qu'ils avaient déjà fait cette promenade ensemble. La petite adorait les glaces et il y avait là-bas un marchand qui en vendait d'exquises. Le manège belge installé à l'année l'attirait aussi. Elle aimait grimper sur le cheval de bois à la crinière douce et se lovait sur son encolure en regardant les étoiles du faux ciel pailleté scintiller dans la lumière. En revanche le pompon à saisir pour gagner des tours gratuits ne l'intéressait pas du tout.

« Les choses matérielles l'indifférent », m'avait dit sa mère.

La pensée de Valentina, cheveux au vent, perdue dans son rêve sur son cheval tournant, m'avait redonné le moral. À l'aune de ce bonheur si simple, qu'importait de se faire remercier par un artiste versatile ? À mon âge, j'étais encore un homme très gâté par la vie. Pas de quoi se plaindre.

J'en étais là de ma méditation silencieuse sur les vraies valeurs lorsque j'ai atteint le portail, comme d'habitude ouvert à mon intention, du domaine de Glawe.

Il devait guetter mon arrivée car il s'est avancé vers moi, aimable. Il s'est dispensé du courtois et banal « mais il ne fallait pas » qui accueille souvent les cadeaux que l'on fait à nos hôtes. S'est saisi de la bouteille, a regardé l'étiquette, sifflé d'admiration, ajouté « Chouette ! », en me faisant passer à l'intérieur.

Nous avons fait une halte whisky au salon, où parvenait un léger fumet d'une cuisine invisible et à l'évidence assez éloignée vu la taille de la bâtisse.

Glawe était disert. Il venait de recevoir un tronçon d'ébène d'environ un mètre de diamètre d'une impressionnante beauté, qu'il avait posé là en guise de table de salon à la place de l'ancienne, autrement plus banale et reléguée aux oubliettes dans une pièce inhabitée. Comme je m'étonnais de la couleur grise, presque blanche, de ce bois que je croyais noir, il m'a expliqué qu'il l'avait laissé se patiner dans le jardin d'un ami tout près de la mer. Et les embruns l'avaient décoloré, faisant jaillir de la profondeur du noir des couleurs de cendre, de sable et d'écume.

La conversation a roulé longtemps sur les bois précieux qui arrivaient par bateau à Sète où il s'était rendu pour choisir cette section d'un immense tronc découpé sous ses yeux. Il avait l'air heureux comme un enfant à évoquer ce voyage, la beauté des bois venus de terres lointaines et dont il aimait l'aspect brut, voire rugueux, qu'ils finiraient par perdre au fil des transformations. Il n'aimait pas les bois travaillés, soumis.

Je me suis permis de glisser en souriant :

– La soumission ne fait jamais partie de votre palette.

Il a rebondi sans le moindre humour sur ma remarque :

– Je m'efforce de rester insoumis. Toute mon œuvre est un exercice d'insoumission. Ma vie aussi, bien que je ne me mette pas vraiment en danger. Reste à définir ce qu'est le vrai danger, n'est-ce pas ?

Je n'avais aucune envie de m'engager dans ce type de discussion. Et, plus persuadé que jamais d'être remercié entre la poire et le fromage, je n'ai pas alimenté la conversation. S'il avait quelque chose à me dire, c'était le moment.

Nous avons fini par passer à table. J'ai découvert la salle à manger, dans laquelle je n'avais jamais pénétré. Pièce vaste, blanche, une table noire aux lignes épurées, des sets de table clairs, un couvert simple et élégant.

J'ai pensé que mon vin se mariait bien au décor. La banalité apparente du menu – avocats, gigot, haricots verts, tarte aux pommes – n'avait d'égal que la saveur des mets. Rien de tape-à-l'œil mais le tout délicieux.

Nous avons largement arrosé l'ensemble et mon saint-émilion, excellent, n'est pas arrivé au bout du repas. Le factotum en a apporté une autre bouteille, domaine différent, même année. Nous étions raccord.

À aucun moment du dîner pris assez rapidement nous n'avons évoqué le moindre sujet concernant cette invitation. Le vin aidant nous avons mangé et parlé joyeusement. Glawe a évoqué ses premières expositions en Allemagne et la manière dont on brocardait alors son travail. Un critique avait parlé de la violence vaine de ses œuvres. Et l'ensemble de la presse avait repris les mêmes termes. Il avait piqué des colères homériques dans son petit appartement de Dresde. Elles avaient endigué le désespoir. Puis, nul n'étant prophète en son pays, il avait décidé d'aller créer ailleurs. Et là, tout était allé très vite. Je connaissais la suite.

J'ai attendu le moment où il allait enchaîner et me dire que dans le fond il avait du mal avec ce qu'on écrivait sur lui et que l'idée de ce livre que je préparais lui était pénible. Il n'avait pas envie de mes mots sur son travail. Il n'avait rien contre moi, mais ces vieilles histoires avaient laissé des traces en lui. Ses cicatrices n'étaient pas refermées.

Mais rien de tel n'est venu. Après un café serré pour lui, décaféiné pour moi, pris sur la table de salle à manger, il m'a demandé de l'accompagner à son autre bureau, où il souhaitait me faire voir quelque chose.

Nous avons suivi un long couloir au bout duquel s'ouvrait une pièce dépouillée avec une grande table, des rayonnages de bibliothèque et un écran plat qui m'a semblé immense.

Il m'a invité à m'asseoir dans l'un des deux fauteuils face à l'écran. Puis, tandis qu'il tirait de sa bibliothèque un DVD dans une enveloppe de papier kraft, sans titre lisible ni illustration, il en est enfin venu à la raison de ce dîner et de ma présence chez lui ce soir.

Il avait hésité à partager ce film avec moi. Plus exactement à partager le secret que contenait ce film qu'il allait projeter. Mais, avant de le visionner, il fallait que je m'engage au silence le plus absolu. Je n'aurais le droit de visionner le DVD que si je jurais de n'en révéler le contenu et surtout le secret à personne. Même si la police me le demandait.

C'était la première fois que je le voyais si sérieux et inquiet. Il fallait que je jure le silence absolu même si je ne savais pas encore ce que je devais taire.

Très médiocrement, je me suis senti rassuré. Ce n'était donc que cela : partager une chose secrète. Et j'étais soudain si soulagé de ne pas être évincé du projet de livre que je me sentais prêt à tout promettre et à tout tenir. Glawe m'a regardé dans les yeux d'un air si dur que j'ai craint de m'être engagé un peu à la légère. Alors, il m'a tendu la main et nous nous sommes tenus ainsi quelques secondes, lui serrant ma main, et moi essayant de faire passer dans ce geste tout le sérieux de mon engagement.

36

Pas plus que sa pochette, le DVD n'avait ni titre ni générique. En guise d'introduction, juste un brouillard grisâtre traversé de crépitements lumineux et de quelques chiffres à l'envers. C'était, m'a informé Glawe, une copie de travail que lui avait passée un des responsables d'Arte. Le film devrait être programmé la semaine suivante à une heure tardive. Il serait sensiblement le même que celui que nous allions voir. Dans les programmes télé des journaux et magazines, il apparaîtrait sous le titre « La confession d'un terroriste allemand ».

Pas le temps de poser la moindre question.

Les premières images ont surgi. Et la voix introduisant le personnage. Plan fixe, visage et corps flouté face caméra, un homme. Décor sombre à peine visible. Un intérieur volontairement mal éclairé. L'homme sans traits ni contours définis est cependant d'une présence étonnante. Il reste là silencieux sans bouger tandis que la voix off, grave, distante, fait les présentations.

L'individu que nous voyons là, un certain Ludwig Feld, s'est engagé en 1979 dans la Fraction armée rouge. Il avait dix-neuf ans. Septième enfant d'une famille bourgeoise traditionnelle de Munich, élève brillant promis à un bel avenir, il a fui le foyer familial après avoir appris le passé de son père, membre actif du parti nazi. Sans argent, sans toit, il a erré quelques mois, dormant chez des amis puis chez des amis d'amis, et a fini par échouer chez un couple politiquement très engagé et lié à la Fraction armée rouge, qui tentait de se reconstruire après l'incarcération puis la mort, quelques années plus tôt, de ses membres fondateurs connus sous le nom de la bande à Baader.

Sa colère envers les siens, son isolement, sa jeunesse, la violence que l'on sentait en lui ont favorisé son recrutement. À peine informé de l'histoire réelle du groupe, il a foncé dans le combat, tête baissée, sans avoir eu le temps ni l'envie de mesurer les conséquences de son engagement. Son aspect garçon de bonne famille pouvait déjouer les soupçons policiers. Il a accompagné plusieurs attentats en Allemagne et en Autriche en facilitant le transport de matériaux explosifs et en participant à des surveillances. On ne lui a jamais confié de vraies responsabilités comme la pose ou le déclenchement d'une bombe. Trop fragile pour ça.

En 1985, il a cessé toute activité terroriste à la suite d'un des nombreux attentats perpétrés par son groupe durant cette période. Il a assisté à la mort de deux victimes collatérales : une petite fille et sa mère qui passaient près de la banque où avait été déposée une bombe visant à éliminer le directeur de l'établissement.

Durant ce rappel des événements, la caméra avait commencé à balayer le lieu, se promenant sur les rayonnages d'une bibliothèque que j'ai reconnue aussitôt, se focalisant sur les dos des livres bien rangés – Nietzsche, les romantiques allemands, Hegel, Kant, une anthologie de la poésie française...

Nous étions bien chez Louis. Et pourtant quelque chose en moi refusait de comprendre. Il m'était impossible de raccorder l'image de cet homme triste, vieilli prématurément, qu'illuminait seulement la présence de Valentina, et le portrait distant de ce jeune garçon révolté qui, pour fuir et effacer le passé de son père, avait utilisé des méthodes dans le fond semblables aux siennes. Comme si seule la mort aveugle des bombes du terrorisme pouvait répondre à la mort ciblée du nazisme.

La voix poursuivait son récit sans pathos : Ludwig Feld s'était enfui. Avait changé d'identité et de pays. L'Italie, l'Espagne et, depuis peu, la France. Il s'était inventé une nouvelle vie pour tenter d'oublier l'ancienne. La police ne l'avait jamais retrouvé.

Et de conclure : « Ludwig Feld a accepté de nous recevoir pour s'expliquer sur cette courte et violente période de son existence. C'est lui qui a proposé cette rencontre à laquelle vous assistez. Besoin de s'alléger du poids de ces années de plomb. Nécessité de replacer son impardonnable violence dans celle, non moins impardonnable, de son pays. »

Et comme je continuais à ne pas pouvoir – vouloir ? – superposer les images claires de Louis et celles floutées de Ludwig, je me suis dit, ultime échappatoire à l'insoutenable vérité, qu'il s'agissait du documentaire dont il est l'auteur. Le terroriste repenti a été filmé chez lui, Louis.

Mais ce n'était pas sa voix qu'on entendait présentant l'invité. Pas l'intervieweur que j'ai cru reconnaître : l'ancien de *Libé* croisé avec Louis au bistrot. Quant aux images

– plus exactement à l'image redevenue fixe, plan moyen sur le personnage – elles ne nous apprenaient rien. Que l'immobilité troublante et floue de cet homme dont la voix, saluant et remerciant, était elle aussi camouflée et ne permettait aucune identification.

L'homme avait un accent. Rien d'étonnant, il était allemand.

Puis, peu à peu, à mon corps et mon esprit défendant, je me suis rendu à l'évidence : le terroriste, c'était Louis.

Je ne pourrais rien retranscrire de ses propos, entendus dans un brouillard plus intense encore que celui qui nimbait sa silhouette. Les questions que lui posait le journaliste étaient directes mais d'une certaine manière pudiques. Il ne cherchait pas à l'interroger sur le côté sanglant des massacres. Plutôt sur les rôles, toujours secondaires, qu'il avait tenus lors des attentats. Il apparaissait, ai-je pensé – mais peut-être mon affection pour Louis arrondissait-elle les angles –, comme un garçon naïf pris au piège d'une violence à laquelle il n'avait pas su se soustraire. Comme si le choc de la découverte du passé paternel oblitérait chez lui toute raison.

Il m'a semblé qu'il n'y avait aucune révélation sur le groupe terroriste – le film ne traitait pas de la Fraction armée rouge et se focalisait juste sur une voix singulière, une histoire personnelle inscrite dans l'histoire sanglante de l'Allemagne. Sans que le mot soit jamais prononcé, il y était question de remords. Ceux d'un homme mûr qui avait gâché sa vie en ayant contribué à pulvériser celle de dizaines d'autres. Quelque chose d'un peu minable, d'irrattrapable, et que la confession, un quart de siècle plus tard, ne peut ni soulager ni expliquer.

Glawe et moi sommes restés silencieux les quarante et quelques minutes de la projection. Il m'a simplement dit :

– Le film n'est pas fini. Ils vont ajouter quelques plans de coupe et le générique.

Je n'ai rien trouvé à lui dire. Pourtant une question m'a traversé l'esprit, que j'ai tue.

En quoi pouvait bien consister un secret qui serait dans quelques jours partagé par des milliers de téléspectateurs ? Et comme s'il entendait mes pensées, Glawe m'a dit :

– Cela peut vous paraître étrange qu'un documentaire qui va être diffusé puisse faire l'objet d'un secret absolu. Personne ne pourra identifier Ludwig à l'image. Rien dans ce qui est montré ne permet de reconnaître l'homme ou le lieu. Moi, j'avais besoin de partager ce secret si lourd avec quelqu'un qui me comprend assez dans ma démarche pour comprendre aussi celle d'un homme héritier de la même histoire infâme que moi.

Alors qu'il rangeait le DVD dans sa pochette neutre, j'ai dit :

– Depuis quand le saviez-vous ?

À son tour, il a laissé passer un ange. Puis il a répondu d'une voix lasse :

– Depuis qu'il est arrivé. Enfin un peu avant. C'est moi qui lui ai trouvé la maison. Il avait d'abord habité chez un de mes amis à Barcelone. Je savais qu'il n'était pas dangereux pour les autres. Davantage pour lui. La preuve. Si quelqu'un le reconnaît, il est cuit.

J'ai pensé que personne ne pouvait le reconnaître. Sauf Annie, peut-être. À moins qu'elle ne sache déjà. Qui à part elle, et moi, peut connaître et reconnaître sa bibliothèque ? C'est la seule chose qui pouvait permettre de l'identifier.

J'ai accepté avec soulagement le whisky proposé par le peintre. Il me fallait bien ça pour digérer l'information. Je me sentais groggy.

Nous avons regagné le salon sans échanger le moindre mot. J'ai avalé mon verre d'un trait. L'alcool m'a apaisé. Glawe, qui en était à son deuxième pris coup sur coup, a commencé à parler.

Impossible de restituer tel quel son long monologue, mais j'ai eu le sentiment que c'était la première fois qu'il se livrait ainsi. Pas à un philosophe épris d'esthétique venu l'interroger sur son travail, mais comme un homme que l'histoire a pénétré par tous ses pores et qui, ayant trouvé une réponse créatrice à cette pression interne, se désespère de voir ses contemporains aussi éprouvés que lui incapables de s'en libérer. Lui, il avait eu la chance de travailler le bois, le fer, le plomb, de se colleter avec des matières lourdes et agressives, de se déchirer les doigts sur le métal tranchant, de suer sang et eau pour faire advenir une figure, et d'en ressortir purifié. L'apaisement après la création est un temps bref. La quête est permanente, jamais satisfaite. L'angoisse revient très vite, et la rage et la peur de ne pas pouvoir éteindre ce feu qui brûle à l'intérieur. Mais, au bout du chemin, toiles, sculptures et totems l'accompagnaient, criant sa violence, crachant sa haine de la mort, des camps de concentration, des chambres à gaz, de la bonne conscience de tous ceux qui continuaient à dire « Je ne suis pas responsable ».

Louis, plus faible, moins créatif, n'avait pas eu sa chance. Il avait côtoyé l'enfer. Et le souvenir de ce temps lui revenait comme une vague amère. Il fallait le vomir pour survivre.

Il savait ce qu'il risquait à vouloir témoigner de ses forfaitures.

J'ai dit sans trop y réfléchir, pour me consoler moi-même :

– Personne ne va le reconnaître. La police ne saura pas identifier cet homme sans visage et sans voix.

Glawe n'a rien dit. Son silence pourtant me semblait lourd de doutes. On n'avait plus très longtemps à attendre. Juste que le film soit diffusé.

En réalité, nous avons attendu bien moins que prévu. La programmation a été bouleversée. Sans que Glawe ni les rubriques télé des journaux en soient avertis, le film est passé sur la chaîne deux jours avant la date prévue à la place d'un documentaire sur la Russie de Poutine déprogrammé sans raison en dernière minute.

37

Après la soirée chez Glawe, j'étais rentré bouleversé. Le secret que le peintre m'avait fait partager était d'une lourdeur écrasante. Et je me demandais si je pourrais désormais poursuivre avec Louis la relation simple et distante que nous entretenions. Non pas que l'idée de parler avec un terroriste repenti pût me gêner. Mais je savais de lui des choses qu'il cachait et je craignais de ne plus avoir cette spontanéité de bon voisinage qui faisait le charme de nos échanges, il est vrai, minimalistes.

Sa voiture n'était encore pas là lorsque j'avais regagné ma maison. Les lumières étaient éteintes puisque rien ne filtrait derrière les volets clos mais pas très jointifs. Et je me suis senti soulagé car je n'aurais pas pu lui cacher mon malaise si, d'aventure, il était resté assis devant sa porte à goûter la paix d'une nuit douce et sans étoiles. J'ai espéré que, sachant la projection de son film proche, il soit parti loin se mettre au vert.

Le lendemain, j'ai pris le premier prétexte venu – plus de sucre en poudre pour mon chèvre frais – pour me rendre à la supérette à l'heure où je savais ne pas rencontrer les pipelettes habituelles. Annie réapprovisionnait les rayons. Elle m'a laissé attendre quelques minutes, s'excusant par geste de devoir terminer son rangement, puis elle est venue vers moi, timide et souriante comme d'habitude. J'avais pris sur l'étagère un demi-kilo de sucre de canne roux – sucre de gauche, comme on disait jadis à la suite de Bretécher – et n'avais plus qu'à payer. Je mourais d'envie de lui demander si Louis était en voyage, mais c'est une autre question que je lui ai posée :

– Valentina et sa maman sont reparties chez elles ?

Annie a souri plus franchement, se moquant un peu de l'intérêt que je témoignais à sa nièce et à sa belle-sœur.

– Non, elles sont allées avec Louis voir les animaux sauvages à la réserve de Sigean. Ils rentreront ce soir ou peut-être seulement demain. S'il fait beau, ils iront à la mer. Valentina pourra profiter un peu de la plage même si la saison des baignades est largement finie.

J'ai dit comme pour me faire pardonner ma curiosité :

– Valentina doit être très heureuse. Elle aime tellement son ami Louis. Et réciproquement.

Annie n'a pas renchéri. Elle m'a salué et a regagné son rayon à regarnir.

Il m'a semblé percevoir un peu de tristesse dans son regard. Avait-elle le sentiment que Valentina lui volait un peu son amoureux ? Ou l'envie d'un enfant à elle la taraudait-elle ? Imaginait-elle Louis en père de cet enfant ?

Là, je commençais à dérailler. Je n'ai pas pensé un seul instant qu'elle était au courant pour le film et qu'elle redoutait sa diffusion proche.

J'ai eu beaucoup de mal à travailler le reste de la journée.

J'ai écouté un peu de musique. « Aranjuez », une partition si souvent galvaudée et comme réinventée par Miles Davis, qui la joue à vous arracher l'âme. « Olé », de John Coltrane. Gainsbourg dans le désordre des rééditions. Ma famille de son.

La journée a filé sans que je sache trop comment. À mon âge le temps ne cesse d'accélérer sa course, même lorsque je suis dans l'attente craintive des événements à venir.

En réalité il ne se passait rien. Et au fil des heures, les images vues chez Glawe me semblaient de plus en plus brumeuses, comme si le brouillage sécuritaire du visage et du corps de Ludwig/Louis grignotait peu à peu tout le film. Si l'on m'avait interrogé sur le contenu de l'entretien, j'aurais été incapable de répondre de manière précise. La voix off était le seul élément qui émergeait. Et sa neutralité sans affect avait quelque chose de rassurant.

Je me sentais un peu comme après une grippe ou une angine. Fourbu, affaibli et relativement serein.

En revanche, en dépit des nombreuses notes non retranscrites de notre dernier entretien, j'aurais été incapable d'écrire la moindre ligne sérieuse sur le travail de Glawe. Je crois que je lui en voulais un peu de m'avoir fait entrer dans la confidence. Ce qui, au regard de notre relation, était absurde. J'aurais dû être touché par ce témoignage de sa confiance qui dépassait largement celui d'une simple relation professionnelle. Glawe me disait par là que j'étais la seule personne digne de partager un secret avec lui.

Mais, de cela, je n'ai pris conscience que bien plus tard, quand les mouvements divers après le drame s'étaient apaisés.

Puis le maelström s'est calmé dans ma tête, le brouillard s'est levé sur des jours plus sereins. Et la vie a repris comme d'habitude.

J'ai vu la voiture de Louis réintégrer sa place habituelle. Valentina courir seule jusqu'à la porte de son ami tandis que sa mère, au bout de la rue, surveillait que Louis était bien là pour l'accueillir. Je me suis penché à ma fenêtre, l'ai saluée de la main. J'ai entendu son « ciao » joyeux. Le soleil était délicieux en cet hiver débutant tout en douceur de l'air et en couleurs rousses. Un second été de la Saint-Martin était au rendez-vous. Et le brave saint nous réchauffait avec encore plus de générosité. Les températures frôlaient les vingt degrés.

L'envie m'est venue d'aller faire un tour en ville. Cinéma ? Restaurant ? Rien ne me tentait vraiment, juste l'envie d'être anonyme parmi une foule. Marcher sous le regard indifférent des flâneurs. M'asseoir à une terrasse et regarder les passants sans autre but que le plaisir d'être là. Essayer de deviner leur vie, leur inventer un destin. Les groupes humains m'ont toujours fasciné quand je pouvais les observer à distance. J'aurais fait un très mauvais ethnologue.

J'ai rejoint la ville et, sans y penser, je me suis assis au café où j'avais aperçu Louis et le journaliste. J'ai commandé un verre de blanc sec, qu'on m'a apporté avec des cacahuètes huileuses. Il était plus de dix-huit heures et les rues se remplissaient de promeneurs. Le temps invitait à goûter ce regain de douceur tardif. Dans moins d'un mois, nous serions enfermés dans des maisons chauffées, nous regarderions la pluie froide frapper les vitres embuées.

Je ne détestais pas ce moment proche. Mais je savourais l'instant.

Je suis resté en terrasse jusqu'à vingt heures trente. Le spectacle changeant de la rue comblait mon attente. Mais pas ma faim. J'ai quitté les lieux pour un petit restaurant dans l'une des vieilles rues de la ville où je venais de temps à autre déguster des riz noirs à l'encre de seiche en souvenir de mes lectures de Vázquez Montalbán. Le serveur, qui me reconnaissait à chacun de mes passages, me trouvait toujours un coin où dîner même lorsque la salle était comble et les réservations complètes. J'aimais sa manière de ne pas chercher à nouer une relation autre que cette complicité tacite. D'une certaine manière, il me traitait comme un hôte de marque, un habitué silencieux.

Le restaurant étant plein, j'ai attendu un peu plus que de coutume que l'on serve mon riz. J'ai trompé l'attente avec un rouge léger et quelques tapas de pommes de terre et de carottes au piment, cadeaux de la maison.

Après le repas, j'ai marché dans la ville. J'aime les villes la nuit lorsqu'elles se vident et que l'ombre des rares promeneurs devient gigantesque sur les trottoirs.

J'ai traîné ainsi une bonne heure dans le centre historique de M. Et quand je me suis enfin assis au volant pour rentrer chez moi, j'ai vu qu'il était plus de minuit. La route m'a paru longue. Je n'ai croisé que très peu de voitures. Le village était endormi. Je me suis garé à ma place habituelle et suis monté chez moi. J'ai remarqué la présence de plusieurs véhicules inconnus sur la place. Mais je ne m'en suis pas inquiété.

Malgré une certaine fatigue, le sommeil a tardé à venir. J'ai pris dans ma bibliothèque le tome deux des romantiques allemands en Pléiade. Et je suis entré dans l'univers troublant des contes de E. T. A. Hoffmann. Il devait être au moins deux heures quand j'ai éteint la lumière.

C'est le bruit des voitures, nombreuses, au moins cinq, passant sous ma fenêtre qui m'a réveillé en sursaut. Ma montre marquait six heures. Il faisait encore nuit. Je me suis précipité à la fenêtre. Plusieurs véhicules de gendarmerie étaient garés devant chez Louis, d'autres attendaient moteur en marche à l'autre bout de la rue, non loin de chez moi, prêts à bondir.

J'ai pensé : Louis a été dénoncé.

Puis tout de suite : Mais je n'ai rien dit à personne !

J'étais comme fou, tournant en rond, regardant par la fenêtre puis me précipitant à l'intérieur pour ne pas offrir le spectacle d'un type en pyjama, hirsute et affolé.

Il était trop tôt pour appeler Glawe. L'interroger, l'assurer de mon silence.

Égoïstement je n'ai pensé qu'à moi, à cette image de traître qui allait me coller à la peau. Je n'avais pas dénoncé Louis. J'aurais voulu le crier haut et fort. J'ai honte aujourd'hui de ma réaction stupide.

Puis j'ai vu que mon téléphone clignotait. J'avais un message enregistré à vingt-trois heures cinquante-trois. C'était Glawe. Je n'oublierai jamais sa voix blanche : « La chaîne a projeté le film à vingt-trois heures. Ces salauds ont ajouté des images du village en plan de coupe. Ludwig est fait comme un rat. Je ne crois pas qu'il veuille fuir. La police ne devrait pas tarder. Elle est peut-être déjà là. Il n'y a plus rien à faire. »

Un an plus tard

Cher Monsieur Ribaute,

J'ai reçu il y a quelques jours votre ouvrage sur le peintre Hans Glawe, que ma belle-sœur Annie m'a fait parvenir à ma demande. Depuis les incidents – euphémisme certes, mais comment les nommer ? – survenus à Saint-Julien-des-Sources, j'ai quitté la France pour l'Italie, Turin, avec ma fille Valentina. Son père ne nous a pas suivies.

Mais je ne vous écris pas pour vous raconter ma vie. Juste pour vous parler de votre livre et de ma fille, que vous avez observée avec bienveillance durant nos séjours près de chez vous.

Je ne suis pas critique littéraire, ni spécialiste d'art – j'ai fait des études de langues anciennes – mais, en vous lisant, j'ai eu le sentiment de comprendre enfin des situations, de dénouer des nœuds qui peu à peu nous étouffaient, Valentina et moi. Moi, surtout, et ma fille par ricochet.

Ce que vous écrivez sur la violence qui habite, mieux, qui est à l'origine de l'œuvre du peintre allemand m'a paradoxalement apaisée. J'ai compris à travers vous que chacun de nous, qu'il soit artiste ou non, adulte ou non, est confronté à une histoire politique, sociale, culturelle, familiale, qui l'écrase dès le premier souffle, le premier cri de sa naissance. Comme si naître était mourir à l'espoir. Celui de retrouver dans le monde le confort et la protection du ventre maternel.

L'œuvre de Glawe, écrivez-vous en substance, est la réponse artistique torturée, violente et sublime de qui est né innocent dans un pays où l'on reçoit en héritage la culpabilité des pères. Vous écrivez que « Glawe fait fleurir peines et remords dans une débauche de plomb, de cuivre, de bois ». Vous parlez de ses « tableaux immenses hérissés de matériaux divers qui se dressent sur des paysages dévastés par des guerres sans nom qui se ressemblent toutes ».

Il m'a semblé qu'en écrivant cette étude vous pensiez aussi, sans jamais le nommer, à Louis, qui s'appelait Ludwig du temps de sa folle et terrible jeunesse. L'un a eu la chance de pouvoir créer, l'autre le malheur de pouvoir détruire. Les deux pour des causes semblables. Les deux dans le déchirement et la solitude.

Valentina a longtemps pleuré après l'arrestation de Louis, que je ne pouvais pas lui expliquer. Elle s'est sentie trahie. Nous avons quitté Saint-Julien très vite pour que l'absence de son ami ne soit pas tangible. Ailleurs, elle n'allait pas le chercher.

Me croirez-vous si je vous dis qu'en lisant votre livre j'ai aussi eu l'impression qu'il s'adressait à moi ou du moins qu'il me parlait de ma fille ?

C'est peut-être une illusion, une pensée bien prétentieuse, qui sommes-nous pour être dans vos réflexions ? Cependant même si nous n'avons aucun lien avec votre étude, aucun lien avec l'œuvre de Hans Glawe, votre analyse dépasse largement le cadre artistique, va bien plus loin.

J'ai vu votre regard paisible sur ma fille. Un regard qui ne la jugeait pas, qui ne la classait pas, qui l'acceptait telle qu'elle est, tendre et violente, silencieuse et détournant les yeux, préférant le ciel et les nuages, les arbres, les fleurs, les papillons, les mouches, aux pupilles curieuses de ces adultes qui traquent sa différence, son « anormalité ».

Vous avez compris, j'en suis persuadée, que mon enfant, qui refuse de parler parce qu'elle refuse la norme, comprend les mots, les langues – français et italien – mais aussi les silences dans lesquels résonnent les non-dits.

Après notre fuite-refuge en Italie, elle a mis des semaines à retrouver une forme de paix et de quotidienneté. Elle a régressé. N'a plus fait entendre un son. A refusé de répondre à ma voix. Elle parlait et surtout criait seulement la nuit, toutes les nuits. Les mots, les cris lui échappaient, elle les vomissait en quelque sorte dans l'inconscience du sommeil. J'ai attendu longtemps que sa paix revienne.

Je me suis interrogée sur ce lien qui s'était créé spontanément entre elle et Louis. Je continue à l'appeler Louis car nous n'avons jamais connu le Ludwig terroriste. Il a voulu payer pour ses crimes et disparaître à jamais. Il a voulu rompre le silence. Et s'il en a eu le courage, c'est Valentina, je le crois, qui le lui a donné car il y a en elle une volonté obstinée de ne pas céder aux charmes apparents du lien social.

Ma fille exprime par son silence, son enfermement, ce que nous tous essayons de camoufler : la violence de notre être au monde et notre infinie solitude.

Valentina est une île et tout son être le proclame. J'ai mis longtemps à la voir ainsi. J'ai d'abord pensé qu'elle s'isolait dans le silence comme on se protège derrière une vitre. Et qu'elle n'arrivait plus à briser cet écran entre elle et le monde. Qu'elle ne savait plus revenir de son voyage intérieur.

Puis j'ai compris que nous sommes tous des îles perdues dans l'océan de l'histoire. Nous construisons des ponts pour oublier cette solitude native, nous nous agglomérons, nous nous battons, nous tuons, nous formons des continents qui ne sont que de grosses îles. Mais rien ne fera que nous ne mourions pas comme nous sommes nés : seuls, petites îles perdues dans les tempêtes de l'Histoire et des histoires. Valentina est une vieille âme. Elle n'a pas oublié ce savoir en deçà des mots de sa chute dans le monde. Elle le conserve et le protège jalousement dans son silence lucide et jaloux de révoltée. Un jour, elle nous rejoindra dans notre archipel. Elle aura accepté d'être, du moins en apparence, banale comme moi. Mais il est des couleurs, des lumières, des formes, des musiques intérieures qui continueront à la hanter et dont elle ne nous dira rien. Elle les gardera en elle comme un trésor secret qui ne souffre aucun partage.

J'aime à penser que Louis a deviné ce trésor et en a aperçu quelques beautés. Que ce sont elles qui l'ont conduit à faire la paix avec sa conscience. Je crois que le Hans Glawe que vous décrivez sait tout du trésor de la révolte et construit son œuvre en exhumant une à une les pépites de sa colère.

Pour tout cela et mille choses encore que je ne saurais développer dans cette trop longue lettre, merci.

Votre
Sofia Siracusa
Turin, 8 décembre 2015

Du même auteur

Aux éditions du Seuil

Nativités
« Fiction & Cie », 1995
et « Points », n° 211

Un cercle de famille
« Fiction & Cie », 1996
et « Points », n° 447

L'Été du secret
Seuil/Jeunesse, 1999
et « Point-Virgule », n° 79

Le Merle bleu
« Fiction & Cie », 1999
et « Points », n° 786

Le Fil de soie
« Fiction & Cie », 2001
et « Points », n° 1022

Les Garçons d'en face
« Cadre rouge », 2003
et « Points », n° 1218

Mont-Perdu
« Cadre rouge », 2005

En souvenir de vous
(en collaboration avec Marianne Trintignant)
2006

Un soupçon d'indigo
« Cadre rouge », 2008

La Fille
« Cadre rouge », 2010

L'Homme à la canne grise
2012

Les Convalescentes
2014
et « Points », n° 4096

Noir et Or
(en collaboration avec Pierre Lepape)
2015

Chez d'autres éditeurs

Romanciers du XXe siècle
(en collaboration avec Pierre Lepape)
Marabout, 1990

Romanciers du XIXe siècle
(en collaboration avec Pierre Lepape)
Marabout, 1991

En sortant de l'école
Julliard, 1992
et Seuil, « Points », n° 594

Histoires d'une femme sans histoire
Julliard, 1993
et Seuil, « Points », n° 673

Sorcières ordinaires
Calmann-Lévy, 1998
et Gallimard, « Folio », n° 3198

Les Vitrines Hermès
Contes nomades de Leila Menchari
Imprimerie nationale, 1999

Colette Deblé : rencontre
L'Atelier des brisants, 2003

Noir panthère
Jean-Paul Bayol, 2008

Abécédaire gourmand
Nil, « Exquis d'écrivains », 2008

Nathalie Sarraute, l'après-midi
(illustrations de Denis Deprez)
Naïve, 2010

Le Goût de la lecture
Mercure de France, 2010

Virginia Woolf
(dessins de Bernard Ciccolini)
Naïve, « Grands destins de femmes », 2011

Lignes de vie
Grau Garriga. Dessins 1942-2010
Dilecta, 2011

Le Goût des mères
Mercure de France, 2012

Rotraut
Dilecta, 2013

Le Goût du mariage
Mercure de France, 2015

La Pasionaria
(dessins de Bernard Ciccolini)
Naïve, « Grands destins de femmes », 2015

RÉALISATION : NORD COMPO À VILLENEUVE-D'ASCQ
IMPRESSION : CORLET IMPRIMEUR S.A. À CONDÉ-SUR-NOIREAU
DÉPÔT LÉGAL : MARS 2017. N° 136112 (187227)
IMPRIMÉ EN FRANCE